"2023·北京文艺论坛"论文集

北京市文学艺术界联合会 编

王一川 学术统筹

广西师范大学出版社

·桂林·

图书在版编目（CIP）数据

"2023·北京文艺论坛"论文集／北京市文学艺术界联合会编. —— 桂林：广西师范大学出版社，2025.1.
ISBN 978-7-5598-7685-0

Ⅰ. I206.7-53

中国国家版本馆 CIP 数据核字第 2024TV2131 号

"2023·北京文艺论坛"论文集
"2023·BEIJING WENYI LUNTAN" LUNWENJI

出 品 人：刘广汉
策　　划：魏　东
责任编辑：魏　东
装帧设计：李婷婷

广西师范大学出版社出版发行

（广西桂林市五里店路9号　　　邮政编码：541004）
（网址：http://www.bbtpress.com）

出版人：黄轩庄

全国新华书店经销

销售热线：021-65200318　021-31260822-898

山东临沂新华印刷物流集团有限责任公司印刷

（临沂高新技术产业开发区新华路1号　邮政编码：276017）

开本：690 mm×960 mm　　1/16

印张：13.75　　　　　　字数：160 千

2025 年 1 月第 1 版　　2025 年 1 月第 1 次印刷

定价：78.00 元

如发现印装质量问题，影响阅读，请与出版社发行部门联系调换。

目　录

第十九届北京文艺论坛

传承与发展：新时代北京文艺的文化使命

北京文艺评论家协会艺术产业研究委员会成立大会
暨北京演艺之都发展研讨会

第十九届北京文艺论坛

传承与发展：新时代北京文艺的文化使命

新北京作家群写作：空间、视野和问题

杨庆祥

一、作为文化空间的北京

最近在北京举行的一次作品研讨会上，我们讨论了一部以颐和园为书写背景的作品，这个时候我发现了一个稍微有点"尴尬"的现实——那就是我居然从来没有去过颐和园。然后再一细想，我也没有去过香山、天坛、地坛，更不要说远郊的潭柘寺、青龙峡、十渡等。我已经在北京生活了整整二十年，但足迹所到之处，也不过三环到四环之间那一小块学习生活的区域，即使如此，三环边上的颐和园我依然没有踏足。这是我个人的习性使然还是大都市的通病？或许两种原因都有。但这并没有影响我对颐和园、地坛这些文化地标的了解甚至侃侃而谈，埃科曾经不无揶揄地说："很多书我们不必去读，因为有不同世代的人帮我们读过了"，这句话在我这里也可以这么说，"有很多风景并不需要去看，因为已经有很多人帮我去看过了"。我想即使是身处边陲的人,可能也对天安门、故宫等地方如数家珍,这来自传播、教育和阅读。一个从来没有去过巴黎的人,因为阅读了波德莱尔的诗歌以及本雅明对这些诗歌的经典阐释,他对巴黎就不会陌生;如果他又读了巴尔扎克的小说和大卫·哈维的《巴黎城记》,那他对巴黎的历史也会相当精通;如果碰巧他又看了伍迪·艾伦的《午夜巴黎》,说不定他就会疯狂地爱上巴黎。青山七惠的《村崎太太的巴黎》写的就是这样的故事:一个清洁工阿姨从来没有去过法国,但是她每天念念不忘的是,"如果我是一个巴黎人就好了,如果我是一个巴黎人,我就不会这么无趣了"。

对我来说,北京也是如此。即使我不生活在北京——比如二十多岁以前,那时候离北京可谓路途迢迢,那是绿皮火车的时代,从我的家乡去一趟北京大概要走四十八小时以上——但北京是很熟悉的一种记忆。那是因为读了曹雪芹的《红楼梦》和纳兰性德的词,这两位拥有传奇经历的作家不一定书写北京,却生活在北京;然后又有郁达夫的《故都的秋》和老舍的《茶馆》,前者有浓郁的对"故国"的乡愁——在某种意义上和日本学者青木正儿"对中国的乡愁"有着精神的互文,后者将北京的市民生活置于历史变动之中,在变与不变中呈现着历史的忧虑;转眼到了史铁生的《我与地坛》,个人生命的痛切思考借助哲理完成了升华,与此同时,则是王朔和王小波,这两者请容许我卖个关子,留在后文再说。在大众文化层面,二十世纪九十年代的《甲方乙方》《北京人在纽约》《北京爱情故事》开启了一种资本时代的北京/北京人/北京生活的想象,相对于经典文学作品,它们具有更强烈的冲击力,至少对于九十年代的我来说,北京不仅仅意味着远方和世界,同时更意味着爱情、成长和追逐自己在社会中的位置。

这些暗示了北京作为一个地理空间的复杂性。在历史上,自元明以来,北京长期作为幅员辽阔的国家的政治中心,从权力的角度来说,它切切关注的,是一种以中心为原点的分层管理机制,权力中枢在此统筹规划,发号施令。作为一种逻辑或者宿命论意义上的反噬,它也不得不接受各种边地势力的挑战,这些挑战既有可能来自更北方的游牧民族,也有可能来自南方的"蛮夷",有时候,这种反噬直接来自中心内部。这样的悲剧和闹剧在历史中反复上演,以至于北京不得不一直在景观化的意义上强调其作为政治空间的唯一真理性。也就是说,虽然历史一再证明政治空间是一个相对脆弱的自我认定,文化空间才有可能获得更长久的生命力,但政治总是在现实的层面保持其强力,所以它一再压抑其文化空间的面向和肌理,使得关于北京的记忆和书写总是要不断地辩驳其自身。换句话说,政治空间所具有的景观性和假面性会使得我们认识并记忆一个常规意义上的北京,而那个具体的、此时此刻的、关乎当下生存的存在论意义上的北京往往需要借助更自觉的书写和阅读才有可能被记忆,并真正成为标志北京的文化符码,正如波德莱尔、巴尔扎克之于巴黎,菲茨杰拉德、怀特、耶茨之于纽约,村上春树之于东京,帕慕克之于伊斯坦布尔——这正是二十一世纪的北京书写需要完成的课题。如果这一课题能够借助新北京作家群的写作得以完成,那或许能够实践我几年前的一个小小预言:"十九世纪的世界文学之都是巴黎;二十世纪的世界文学之都是纽约;二十一世纪的世界文学之都则是北京。"

二、新北京作家群写作的问题意识和视野

在讨论新北京作家群写作的问题意识和视野之前,首先需要对新北京作家群做稍微严格一点的界定。目前对新北京作家群的认定基于两点区别。第一点是区别于"旧北京作家群",这里面临的问题是所谓

的"旧北京作家群"也是一个宽泛且模糊的指认,一些批评家将这一群体上溯到了民国时期的"京派",并根据时间顺序将老舍、邓友梅、刘心武、叶广芩、王小波、史铁生、刘恒等都囊括在内。新北京作家群则指的是一批出生于二十世纪七八十年代甚至九十年代这三个代际的作家群体。第二点是在谈到"旧北京作家群"的时候,往往会强调"出生在北京的作家以北京话写北京发生的故事"这一点,而对新北京作家群的写作则没有这么严格的要求。从《北京文学》"新北京作家群"专栏发表的作品来看,既有出生于北京的作家,也有出生于外地的作家;语言上偶有北京方言,但大多是一种标准的普通话写作;内容上既写在北京的故事,也写在外地发生的但与北京有一定联系的故事。

仅仅上述两点并不能凸显新北京作家群写作的特质和核心要义,在我看来,更重要的是新的时间意识以及由这一时间意识所催生的新历史意识。具体来说就是,自九十年代以来,北京的加速发展产生了全新的景观和现实,静态的空间被动态的空间代替,流动性的人口和资本使得"一切坚固的东西烟消云散了",政治、资本和文化在这一大体量的空间里反复搏杀,并形成一种"互相保证摧毁"式的平衡。新北京作家群的问题意识是,作为北京加速现代化历史进程的同时代人对之进行同时性的书写和记录,并在这一书写和记录的过程中建构新的现实感、历史意识和价值观念。这就是我个人对新北京作家群写作的界定。

基于以上的界定以及这些年的作品阅读,我以为新北京作家群的写作在较为宽泛的意义上呈现出四个方面的视野,这些视野既指题材、主题的选择,也包含美学和风格的倾向。

第一是文化视野。这里的文化是相对狭义的概念,特指基于地方性的北京文化。在九十年代以来的加速发展中,作为地方性文化的北京在整体上是被压抑甚至被删除的,或者最多被"驱逐"到民俗的位置——这与北京的城市扩张基于同样的现代想象：一切非现代的东西只能作为可有可无的点缀。但正是在这一物质意义上被冷落和放逐的地方性文化中，作家们发现了历史传承的坚固和文化新生的可能。可以放在这个范畴内讨论的作家作品有宁肯的《北京：城与年》、祝勇的故宫系列、侯磊的《北京烟树》、杜梨的《春祺夏安》等，这些作品要么以北京的文化地标书写北京的流变，要么深入寻常巷陌，在街谈巷议中窥见世情人心。除此之外，还有诸如凸凹笔下的京西，周诠笔下的延庆，从地理上丰富了北京的文化板块。文化在这些新北京作家群的写作中具有结构性的作用，他们以此平衡现代化带来的冲击并思考传统与现代之间的辩证关联。从文学血缘上看，以文化为落脚点的新北京作家群的写作与旧北京作家群渊源最深，"京味"虽然有了不同的表达形式，但在内在质地上，依然是文化的忧思。在旧北京作家群的写作里，一直有"旗人"和"奇人"两个传统，有了这两个人物系列，文化书写变得立体且形象，但是在新北京作家群的写作中，这样的人物从现实和想象中均告消失，这容易使文化书写变得平面。对新北京作家群的写作来说，如何继承"旗人"和"奇人"的写人传统，将文化变迁中的人物予以个性化塑形，是面临的重要难题。

第二是世界视野。如果说文化视野更多的是从时间轴的角度考量，那么世界视野则更多是从空间轴的角度考量。如果要在这个世界视野前面加一个限定词的话，完整的表述应该是"流动性的世界视野"。正是流动性，从内在到外在深刻地决定着二十一世纪北京的世界性。在这个意义上，也可以说世界性等于流动性。我们可以从几个方面来理解这种流动性：从外在来看，流动性表现为人口、物流和资本的快速迁徙、聚集和离散，巨量的人口流入、资本的膨胀以及高速的现实空间和虚拟空间的信息传递，这正是二十一世纪北京的现实景观；从内在来看，经济、政治等看不见的手改变了旧有的秩序和规则，价值观、亲密关系、人和他者的链接方式都发生了根本性的改变。流动的世界性不仅仅意味着从中国的乡村和外省向北京流动,也意味着以北京或中国为枢纽,向全世界出发。这里面需要提到的作家作品是徐则臣的《耶路撒冷》《玛雅人面具》,石一枫的《地球之眼》《漂洋过海来送你》,刘汀的《野火烧不尽》,周婉京的《取出疯石》,蒋在的《飞往温哥华》,等等。这些作品中的人物在世界地理空间里流动和迁徙,既有一种"向世界去"的热情和生命力,同时也因为其"无根性"而产生身份迷失和精神焦虑,在"出发"和"归来"、"聚集"和"离散"的纠葛缠绕中,一代人的生活史和精神史被呈现出来。但是在我个人看来,其中有些作品还拘泥于传统的现实主义书写方式,去"中心化"不够,这使得世界视野中还缺失最关键的"多元文化图景"和"世界人"——而不仅仅是北京人或者中国人。流动性本来是现代性的一面,在如鲍曼这样的后现代主义者看来,它在一定时候会凝固甚至模具化,需要不断对之进行"再熔"。新北京作家群的写作如果想要在世界视野上有突破,就需要打破既有边界,在混杂甚至泥沙俱下的状态中开启更有力量的流动性。

　　第三是当下视野。本雅明在《历史哲学论纲》里分析历史唯物主义的时候,特别强调"当下"所具有的决定性作用,并以为历史唯物主义就是建立在"当下"基础上的辩证哲学。没有当下,就没有历史,没有当下,也就没有一切空间的延展。在讨论新北京作家群的时候,无论是上文提到的文化视野和世界视野,还是下文即将分析的未来视野,都建立在当下视野的地基之上。在这个意义上,当下视野是最重要的内核,也是带有起源性的原发动力。正是被当下——具体来说是九十年代以来北京乃至中国高度变化的现实——卷入其中,新北京作家群的写作才找到了其切身感、在场感和肉体经验。其中既有波德莱尔式的震惊体验,也有巴尔扎克式的审视和反观,有时候也带有一点点布尔乔亚的沉溺。新北京作家群的所有写作当然都立足于当下视野,但是我们依然可以指认出那些将"当下性"置于最重心位置的作家作品，如格非的《隐身衣》、邱华栋的《北京传》、蒋一谈的《鲁迅的胡子》、程青的《盛宴》、张悦然的《家》、笛安的《景恒街》、马小淘的《毛坯夫妻》、文珍的《安翔路情事》、孙睿的《抠绿大师》、小珂的《万水之源》、辽京的《晚婚》、李唐的《矮门》、古宇的《人间世》、孟小书的《业余玩家》、李晓晨的《去岛屿》、陈小手《帘后》等。这些写作都带有直接性、即时性，与现实生活甚至是具体的新闻事件构成同步。其中尤其值得注意的是很多作品的主题都与住房问题有关，简陋狭小的个人居住空间与宽敞明亮富丽堂皇的公共空间之间形成鲜明对比，这是时代对个人的挤压，也是宏大命题对日常生命的侵占。作家们在此触碰到二十一世纪中国的政治经济学命题，与经典的巴尔扎克、左拉、茅盾、夏衍们遥相呼应，但由于外在内在种种限制，这些命题并不能充分展开和深入，也使得这些写作不得不是小资产阶级式的——虽然带有一定批判性。

第四是未来视野。如果说历史构成一种重负，而"此时此刻此处"的当下构成了一种限制，那么，未来学就成为摆脱重负和限制的一种价值观和方法论。大都市暗含了一种无限发展的未来许诺，不过是，这种许诺不完全是乌托邦式，也有可能是恶托邦式，既有可能是新世界，也有可能是老废墟。新科技、新建筑、新能源、新的信息传输、新的医疗手段，如此等等，让北京这样的大都市充满了科幻感和魔法传奇，北京提供了一种新的想象方式，这一方式指向未来——"他时他刻他处"。韩松的《地铁》、李宏伟的《国王与抒情诗》、郝景芳的《北京折叠》、顾适的《莫比乌斯时空》是此类作品的代表。这类作品大都可以归入"科幻"这一文学类型，但实际上，又绝非单一的类型文学可以概括。这些作品的创意和"点子"固然与"科幻"密切相关，但并非止步于对技术的简单摹写或对未来的乐观展望，而是在未来学的视野中嵌入人文学的忧思，从而构成一种我称之为"科幻现实主义"的书写风格，以科幻的方式言现实之所不能言,以未来反观当下和历史,从而为新北京作家群的书写提供了独特的坐标。

三、结语：解构与建构

最近几年,当代文学写作的地域性／地方性倾向又开始重现,但是与二十世纪五十年代基于主流文学对地方性的收编改造不同,这一次对"地域性／地方性"的关注更强调其自主性。其中,我近几年参与倡导的"新南方写作"尤其典型。如果将"新南方写作"与新北京作家群写作并置讨论,就会发现一个很有意思的现象。无论是讨论文学的南方性或者新南方的自主性,北方都是一个无法回避的存在,也就是说无论对南北的关系如何理解,这一关系似乎就是一种天然的属性,对南方的理解、想象、叙述、建构,都离不开来自北方的"目光"。最近出版的印度尼西亚作家普拉姆迪亚的《万国之子》中,叙述者以沉痛的语气告诫:"我们只是想告诉你:北方并不神秘莫测。但有一点应该提醒你:要永远警惕地注视北方。"在我看来,这正是南方自我更新的动力,我所提倡的"新南方写作"正是基于这种"永远的警惕"。

但就身处北方中心的新北京作家群的写作而言,这里的问题是,它看起来似乎并不需要一个他者就可以完成自洽——这是北京无论作为一个文化地理空间还是政治地理空间最意味深长之处,北京就是这么自洽且自信地占据着中心并发挥着主导及分配的文化政治功能。卡尔维诺也许是最早意识到这一问题的作家,在《看不见的城市》里,马可·波罗的叙述与忽必烈大帝的想象之间构成对峙,通过对无数看不见的城市的描述和建构,马可·波罗瓦解了忽必烈对于不可动摇的

"中心"的自我认定。这正是卡尔维诺的高明之处，以后现代的不确定完成了对前现代"单一性野蛮"的反讽和解构。

我想说的是，新北京作家群的写作如果固守"中心"的幻觉，无法通过他者来激活文化对话／对峙的势能，则其写作大概率只能原地转圈甚至画地为牢。在寻找和突破上，有三位北京作家值得我们注意，其中两位是我开篇就提到的王小波和王朔，前者立足于常识的书写和确认，以智性和逻辑为其写作方法；后者立足于市民情状，以颠覆嘲笑正统为其鹄的。两人的风格迥异，但在刺破"中心幻觉"、解构"单一叙事"方面异曲同工。王朔最近出版的《起初·纪年》，虽然征用的是历史题材，但价值观念直指当下，以重构历史的方式激活了文化的张力。另外一位作家是张承志，自九十年代以来，他在不同的文化中寻找体察，最终选择了极其边缘和小众的异端来确立其发言的位置和承担的使命。这三位作家（也许还有我遗漏的？）提供了经典的范例：只有在解构中才能建构，只有通过不停地否定并与中心保持足够的距离，才能真正成就有个性的写作。在我看来，新北京作家群写作更应该在这个层面上来处理北京、北京文化以及北京和他者、历史、当下和未来的关系，在否定之否定的辩证法中建构新一代写作的气象和格局。

杨庆祥　北京作家协会副主席，北京文艺评论家协会理事，中国人民大学文学院教授。

当下的北京文学发生了什么？

孟繁华

当下的北京文学创作，更年轻的作家成了文学创作的主体，由于时代的变化，他们处理的不再是二十世纪八十年代的问题，他们对文学有了新的理解和认知。这个变化是文学批评和研究要面对的。可以说，北京文学几乎每天都在发生着变化，这个变化并不完全掌握在我们手中，但通过具体的作品我们仍然可以从几个方面大体了解北京文学的变化。

一、宁肯的《城与年》系列，都是写北京城的，而且都是中、短篇小说。宁肯是北京的重要作家，但他一直没有写北京。宁肯另一个特点是只写长篇，不写中、短篇。但是现在不一样了，这个变化显然是宁肯有意为之。在一个无缝插针的地方重建一个新的小说王国，其艰难可想而知。但是，宁肯还是带着他的人物走向了北京，走向了中国的历史纵深处。宁肯写的是北京城南，那里的场景让人情不自禁地想起林海音的《城南旧事》。不同的是，这是七十年代的北京。在时间维度上，这是一个在"皱褶"里的北京。它极少被提及，遑论被书写，虽然我们知道其中原因。但更重要的是，这一时间在历史的链条中不能不明不白地遗失。如果亲历过的作家不去书写，以后就不会有人以亲历的方式去书写。于是，他将心灵重返故里的创作推后了四十多年。

二、石一枫的《逍遥仙儿》，是一部北京的"新世情"小说，讲述北京普通众生的生活。实事求是地说，讲述这个时代的众生生活不是件容易的事，生活已经难以概括、难以提炼。如果听听近期的都市民谣，大体能感受到这个时代的某种氛围或情绪。但是，《逍遥仙儿》与都市民谣不是一个路数，也不是一个潮流里的大型交响。于石一枫自己来说，《逍遥仙儿》也完全有别于《世间已无陈金芳》和《玫瑰开满了麦子店》。石一枫在书写北京新世情、新风情画的同时，也坚定地表达了他的"主义"：他对现实有深切关怀，他敏锐地聚焦了当下最普遍、最典型的社会生活，表达了人对尊严的需要和最低维护，表达了人对亲情、友情等人间冷暖的需要。他发现了北京新世情中的焦虑、虚荣和虚伪，其作因此别开生面。他在呈现现实的时候有立场，同时有对人物、对历史、对当下的价值判断。这就是石一枫的"主义"。

三、孙睿2022年曾经创作了一篇《抠绿大师》，小说也是在一块绿布下完成的。小说要表达的是，这个世界是不是因为有了"抠绿"技术就真假难辨了，作为"遮羞布"的绿布，是不是真的就遮蔽了人与人的差异性。现在，孙睿意犹未尽，他又创作了《抠绿大师Ⅱ·陨石》。虽然都与"抠绿"有关，但小说的主旨已大异其趣。而且《抠绿大师Ⅱ·陨石》更精彩，这是一篇特别值得我们关注的小说。小说非常具有时代感，其内容几乎是不可置换的，是难以挪移到其他任何时代的，它只能属于当下。《抠绿大师Ⅱ·陨石》是用先锋的小说形式处理人性和情感，结合得恰到好处的一部小说；它是用文学性将新生活新人物处理得浑然一体的小说。我甚至认为，2023年有了孙睿的《抠绿大师Ⅱ·陨石》，我们的短篇小说创作就是一个好年景。

孟繁华 北京文艺评论家协会原主席，沈阳师范大学特聘教授。

北京想象与文学表达

付秀莹

作为一个从乡村到城市、从外省到北京的写作者,相较于土生土长的北京人,对于北京的想象和理解一定是有着很大差异性的。对于前者,北京代表着中国人尤其是北方人的某种理想,北京是中心——政治的,经济的,文化的,甚至某种意义上,北京简直就是世界的中心。在我的长篇小说《野望》中,翠台和根来夫妻拌嘴,根来起身便走,翠台追着问你去哪儿呀。根来说,还能去哪儿?北京!中央里!当然,这不过是根来的赌气话。其实他是去猪窝里喂猪。然而,从这场民间夫妻日常小戏里,我们可以看出北京在普通民众心目中的位置,崇高而遥远,几乎是遥不可及。正因为这种遥不可及,根来的赌气话一听就不能当真。在我的长篇小说《他乡》里,女主人公翟小梨在第一次去北京的火车上,有大段内心独白,对即将展开的新生活的憧憬与向往,与车窗外的风景相互交织,充分流露了她作为一个外省人对于北京的想象和期待。这种想象和期待更多的是宏大叙事,壮丽庄严,具有凌空飞翔的诗意,甚至有一种自我感动、悲壮苍凉的人生况味。在这种想象里,可能还没有胡同、四合院、石榴树等北京标志性的世俗之物,有的只是天安门、长城、故宫等宏阔概念。一切都是光彩烁烁,高光之下,只见轮廓,不见细节。这是翟小梨们对北京的最初想象。

而当一个外来者真切踏入北京这座城市,试图努力融入的时候,北京才以其坚硬而真实的表情向你证明,这里是北京。虚幻的北京想象被现实的北京经验打碎、颠覆、重塑。我们主动或者被迫重新审视和打量北京这座城市,北京变得陌生。物质的挤压,精神的重围,肉身的颠沛流离,心灵的动荡不安,构成新的北京经验,丰富复杂,一言难以道尽。当翟小梨们从地铁出来,走过长长的地下过道,风从地铁深处吹过,浩浩荡荡,把人的身体吹彻,那种风沙扑面的感觉,尤其令人感到在他乡的悲凉。此时,北京这座城市那些角角落落的琐碎之物,比如胡同里人家飘出的饭菜香气,小区里收废品的外地夫妻,菜市场里烟火弥漫的日常,铁狮子坟一带黄昏时分乌鸦的歌唱,渐渐清晰,被“看见”,被体认。北京在重新塑造着生活在其中的我们,而我们也同时在影响和塑造着北京。在这座庞大的城市里左冲右突,以柔软的肉身以及更加柔软敏感的心灵,杀出一条生路,头破血流之时亦有,遍体鳞伤之时亦有,其中的艰辛和磨难自不必说,每一个在这个城市努力奋斗的人恐怕都能够感同身受吧。

因此,当终于有一天,我们拿起笔来写作的时候,我们写下的,一定是令我们一言难尽、爱恨交织的北京。于我而言,从《陌上》到《他乡》再到《野望》,从故乡到他乡,从乡村到城市,身在北京而念兹在兹的却是虚构的“芳村”。多年来,我不断地在故乡和他乡之间辗转,很多感触在心头肿胀,我每每想独自咽下所有这一切,然而如鲠在喉,不吐不快。当我们书写北京的时候,一定有故乡的强大背景站在身后,默默发力,暗中相助。故乡大地的星空鸟鸣、草木庄稼,哺育滋养我,参与我精神底色的支撑和构建,而当我们书写故乡的时候,斑驳复杂的北京经验一定会深刻影响和渗透着我笔下的文字。我得承认,正因为有北京经验的强大映照,我才能够身在北京,一遍又一遍重新回到故乡。同样,也正因为有乡村经验的深刻烙印,我才能够以更加从容的姿态,重新以别样的视角审视身处的北京。

我常常暗自庆幸,我是有故乡的人。有故乡,就有精神根据地,有来处,有故园。当然,我也常庆幸于我终究从故乡走出,来到他乡,来到北京。"梦里不知身是客,直把他乡作故乡。"这是《他乡》封面上的一句话。在北京生活的时间愈长,对这座城市的理解、认同愈强烈。正如翟小梨们站在北京过街天桥上眺望夜色中的北京城的时候,车水马龙,华灯璀璨,北京的包容、大气、海纳百川,令翟小梨们感慨万千。多年来,我写了很多关于北京的小说。《花好月圆》中的茶楼服务生桃叶,《无衣令》中的临时工小让,《琴瑟》中收废品的外地夫妻,《地铁上》中偶然相遇的大学同学,《花喜鹊》里的花匠老陈,《那雪》里的知识女性那雪,《腊八》里来北京帮女儿看孩子的农村妇女换谷,《篡改》里被生活悄然篡改的一对闺蜜……这些生活在这座城市角落里的普通人,他们的生命悲欢,他们的卑微心事与琐碎梦想,他们面对生活的强韧和达观,往往更能引发我内心的波澜和情感的热浪。我想记录下他们为北京这座城市流下的泪水和汗水,留存他们在北京这座城市绽放的笑容和梦想。

文学是人学。说到底,文学书写的是浩瀚无边的人心。写出了人的内心的山重水复,就有可能写出一座城市的波光云影,写出一个时代的山河巨变。诚实地从内心出发,不断发现自己、重建自己,推己及人,不断探索人与人之间、人与城市之间、人与时代之间复杂的、微妙的、丰富的、变动不居的关系,才有可能呈现出真实而完整的北京经验。

付秀莹 《中国作家》副主编。

新时代影视创作呼唤温暖现实主义

胡智锋

近年来，一批直面社会现实问题，深刻挖掘社会生活本质并以积极向上的正能量给人带来抚慰激励的优秀影视创作引发了人们广泛的关注。电影《守岛人》《送你一朵小红花》《没有过不去的年》《穿过寒冬拥抱你》，电视剧《山海情》《老闺蜜》《人世间》《县委大院》等温暖现实主义优秀影视作品，成为新时代影视创作的一种新风尚。如何理解温暖现实主义，温暖现实主义影视创作在当下和未来有着怎样的意义和价值，如何推进温暖现实主义创作向纵深发展并为新时代影视创作开拓更为广阔的空间，这些都是我们亟须深入探讨的重要时代命题。

一、对现实问题做出积极回应

温暖现实主义影视创作不是一个简单的名词，而是基于现实题材影视创作多年来存在的诸多问题和弊端而做出的时代性回应。我们可以看到,在现实题材影视创作中存在着两种"极端"倾向。一种倾向是出于种种原因有意无意回避社会生活中存在的诸多问题,进而以概念化、口号化的表达状态,为观众描绘表面乃至浮浅的生活图景。这些抽取掉社会生活复杂而尖锐的矛盾问题,只留下表象真实的影视创作,可以称之为"悬空现实主义"。另一种倾向是虽然触碰到社会现实中种种复杂尖锐的矛盾问题,也在某种程度上唤起观众的某种共情,却沉迷于这些矛盾问题之中难以自拔,从而将人们的情感和思绪引入消极负面的状态之中,这样的影视创作可以称之为"灰暗现实主义"。尽管这里所说的两种倾向是"极端"的表述,却有一定的代表性。

温暖现实主义影视创作实践和理念的提出,恰恰是针对这两种"极端"倾向的反拨与回正。与"悬空现实主义"相比较,温暖现实主义不回避社会现实的矛盾问题,敢于直面生活中种种难题、纠结乃至苦难。与"灰暗现实主义"相比较,温暖现实主义不会沉迷于矛盾问题本身,而是以更加积极进取的思想与情感状态,从种种社会矛盾与问题中深入挖掘提取具有建设性的、积极向上的正能量,给人们带来思想和情感的温暖抚慰和激励。实践证明,近年来温暖现实主义优秀影视作品取得了叫好又叫座的成绩,产生了极好的综合效应,为新时代影视创作树立了一个又一个新标杆。

二、对生产传播生态产生深刻影响

温暖现实主义影视创作对新时代影视生产传播生态已经也必将继续产生深刻影响。一方面,温暖现实主义影视创作具有浓郁的生活质感,有力地克服了"悬空现实主义"可能产生的"假大空"的弊端;另一方面,温暖现实主义所传达的积极向上的思想精神也有效克服了"灰暗现实主义"给人们带来的种种思想情感的负面影响,对营造新时代影视创作风清气正、健康向上的良好生态具有重要的引领作用。

温暖现实主义影视创作还可以以影视艺术的方式参与到对中国之问、世界之问、人民之问、时代之问的回应中。温暖现实主义影视创作可以在推进中国式现代化的新征程中发现和呈现众多重大问题,来自政治、经济、社会、文化等诸多领域,新与旧、传统与现代、守成与创新等诸多博弈所生发的新问题、新景观、新现象,既真实呈现改革发展的生动图景,又贡献鲜活的中国智慧、中国模式、中国经验和中国方案。温暖现实主义可以在更为广阔的国际视野中,为构建人类命运共同体的宏伟目标,讲述丰富而生动的中国故事和世界故事。温暖现实主义影视创作可以发现和发掘正在发生的紧扣时代脉搏的前沿性人物与场景,聚焦大时代各社会阶层、不同群体的喜怒哀乐,为满足人民群众不断增长的精神文化需求做出独特贡献。

三、创作要练好生活之功、学习之功、修养之功

温暖现实主义影视创作绝不是贴一个标签那么简单。要以温暖现实主义理念推出更多思想精深、艺术精湛、制作精良、为人们所喜闻乐见的优秀影视作品,广大影视工作者需要以更加强烈的使命感、责任感投入艰苦工作当中方能实现。具体说来,要练好三个"功"。

首先是生活之功。之所以出现"悬空现实主义"和"灰暗现实主义"的诸多弊端,一个重要症结在于影视工作者对社会生活缺乏深入的体验和感受,因此难以对社会生活准确把握、深刻挖掘。《守岛人》

之所以成为新时代英模人物影视创作的标杆之作,离不开主创团队对人物原型王继才守岛生活的切身体验。在与王继才家人长时间的共同生活中,主创已经跟他们建立了亲人般的情谊,表演者已经进入王继才的生活世界和精神世界,所以影片呈现出来的王继才完全不像演出来的。《县委大院》的主创为了了解中国基层的社会生活实际,到某县挂职近半年时间,熟悉县委机关日常生活的方方面面,跟随基层干部蹲点、下乡、进村。剧中那些令人或捧腹或感动或唏嘘的人物故事都不是凭空想象出来的,几乎每个细节都能找到生活原型依据。《人世间》描摹了中国百姓半个世纪的生活轨迹,为还原每个历史阶段的真实场景,主创团队仅道具就从民间搜集了数万件之多,近百个人物各个栩栩如生,令观众恍若回到自己过往的生活空间。没有长期深入的生活积累,要达到这种出神入化的真实感是不可想象的。可见,只有在深入生活上下真功夫、苦功夫,方有可能打磨出温暖现实主义影视佳作。

其次是学习之功。新时代影视创作面临着无数新事物、新问题,这些都需要影视工作者不断学习和积累新知识、新理论,这样才有可能从外行变成内行,从无知变成有知。《流浪地球2》的主创为熟悉科幻电影所依托的诸多科技领域问题,主动与科技一线的科学家和科技工作者建立合作关系,了解熟悉相关科技领域的常识与新知。《中国医生》对于疫情防控医务工作者专业而生动的塑造,离不开他们对于该领域精到而准确的把握。面向未来,要回答诸多中国之问、世界之问、人民之问、时代之问,创作出有价值的影视精品,没有认真努力的学习和积累是不可能的。

最后是修养之功。温暖现实主义影视创作基于现实而落脚于温暖,如何才能产生既符合现实真实和生活逻辑,又温暖人心、引领时代的效能,离不开影视工作者自身高度的社会责任感、使命感和人生境界、格局、良知、情怀。

四、用心、用情、用力方能获得深远社会效应

温暖现实主义创作需要用心、用情、用力,方能使作品获得应有的社会效应。所谓用心,即心怀天下、心怀国家、心怀人民。诗人艾青在国破家亡、山河破碎的二十世纪三十年代写下"为什么我的眼里常含泪水? 因为我对这土地爱得深沉"的诗句。如果没有对中华民族深刻的情感,是无法写出这样至今依然令人感奋的文字的。《山海情》对脱贫攻坚这一人类历史壮举予以史诗般的呈现,离不开主创者推动民族伟大复兴的使命担当与家国情怀。

所谓用情,意味着有深情、用真情。《守岛人》中王继才与父亲、妻子、女儿之间多次互动的场景,令观者无不为之动容泪目,这是主创者与拍摄对象之间产生强烈情感共鸣的真诚流露。《人世间》写尽中国普通老百姓半个多世纪悲欢离合的故事,同样是真情与深情发自内心的抒发与表达。

所谓用力,指的是影视创作者要有艺术功力。他们拥有基于生活、来自生活又高于生活的独特想象力和创造力,善于从平凡的日常生活中获取素材,进行独特的艺术再造,从而达到艺术化的境地。《没有过不去的年》所呈现的生活平淡无奇,但主创者用戏内戏外相呼应的特殊方式在银幕上讲述了富于戏剧张力的故事,产生了较为强烈的视听新感受。《老闺蜜》讲述了五位退休女士因偶遇而聚集在一起的种种故事,貌似平淡,但经过主创者富于想象力的再造,呈现出既流畅从容又波澜起伏的艺术效果。《穿过寒冬拥抱你》几乎没有荡气回肠的紧张冲突,更多呈现的是疫情之下普通人细碎的生活场景,但经过主创者

富于才情的重新架构,营造出在淡淡的忧伤中抚慰心灵的浪漫意境。没有艺术上的精打细磨,这些是不可能实现的。

温暖现实主义影视创作带给我们多方面的启示,那就是影视工作者应当以更高的站位、更强的自信和更多的努力,去拥抱时代、拥抱生活,以人民为中心,拜人民为师,以更加积极进取的精神状态,直面社会发展中的矛盾与问题,并深刻地发掘出令人鼓舞的思想情感,以此为新时代提供温暖而强大的精神支撑。

胡智锋 北京文艺评论家协会副主席,北京师范大学艺术与传媒学院教授。

新中国动画学派的崛起及意义

谭 政

经过二十余年的产业化改革,中国电影取得了快速发展,成为全球第二电影大国,拥有全球最多的银幕数和观影人次,全球第二的电影产量和电影市场。中国电影虽然还存在一些需要提升和理顺的方面,但在市场扩容与内容提升方面是显而易见的。而在内容层面,动画电影以醒目的态势和持续爆发的生产力成为中国电影的重要方阵。这些动画电影不仅在票房上取得亮眼的成绩,而且在动画技术、叙事观念和叙事形态上达到新的高度,标示着新中国动画学派的崛起,是中国由电影大国向电影强国迈进不可或缺的力量。

二十世纪五十年代末,中国动画学派开始声名鹊起,推出了多种形式的民族化作品,尤其是水墨形式的《小蝌蚪找妈妈》等作品,在世界影响深远;新时期,中国的动画人又推出了一系列作品,诸如《哪吒闹海》(1979)、《天书奇谭》(1983)、《金猴降妖》(1985)等,让中国动画学派继续在长片方面取得进展。其后,受电影市场疲软因素等冲击,中国动画电影陷入低谷。

二十一世纪,伴随着电影高速发展带来的红利,中国动画电影重新起步,开始是《喜羊羊与灰太狼》系列、《熊出没》系列等以低幼观众为目标的动画电影在市场获利并赢得持续推出作品的能力。此后,动画电影不断有各种定位的作品推出,测试和培育着中国动画电影的观众。直至2015年,《西游记之大圣归来》一鸣惊人,在暑期取得高达9.56亿元的票房,其后的《大鱼海棠》也以民族风让人印象深刻,由这一阶段开始,每年几乎都有动画电影取得不错的票房,2019年更是有以50.35亿元票房获得年度票房冠军《哪吒之魔童降世》。至2023年暑假,《长安三万里》以唐诗魅力和盛唐风韵折服观众,以非戏剧性故事的讲述方式赢得了18.24亿元的高票房和好口碑。此外,《白蛇:缘起》《姜子牙》《新神榜:哪吒重生》《雄狮少年》《新神榜:杨戬》《深海》,短短几年,这些作品频度之密,超过历史,题材多样,形态丰富,以集群的方式宣告中国动画电影正强势复兴。笔者以为,从作品数量到票房成绩,这批民族风格浓郁的动画电影宣告着新中国动画学派的崛起。

中国动画学派在五十年代和八十年代为中国动画在世界赢得荣誉,尤其是水墨动画最为出色。但整体而言,动画片的产量并不理想,尤其长片更少。那是计划经济下的电影生产,创作主体和投资主体也比较单一,主要集中于上海美术电影制片厂。而近些年的新中国动画学派的崛起,是一次面向市场与观众的创作,创作基地也是从上海一地变成北京、深圳、广州、成都等多个创作基地。创作主体多元化,动画片导演不仅有来自内地的,还有来自香港的,更有留学归来的,甚至来自其他专业的;投资主体也多元化,有一直耕耘于电视动画的公司,有市场第一方阵的电影公司,更有新创立的公司,其中尤以追光动画和光线的彩条屋为代表。这些动画的目标受众已经超越二十一世纪头十年侧重低幼观众为目标的创作,而是以全龄向甚至成人向观众为目标。这些影片是以体系化创作推出,甚至是系列片的创作。至于技术层面更是升级。以前是二维手绘动画胶片拍摄,如今是数字技术加持下的三维动画全面发展。虽然是三维的,但依然是讲述着中国的故事,传递着中国民族化的审美意识。

当然,更重要也更为根本的是,新中国动画学派的崛起体现在叙事技巧与叙事形态的多维提升。第一是对传统故事的现代性重构和拓展。这些动画片不再是简单地复述神话故事,而是进行了现代性的改写,不仅是故事层面的,更包括观念层面的。比如《姜子牙》叙事中的电车难题,《哪吒之魔童降世》的"我命由我不由天",《深海》对于孤独症的关注。这些故事都是现代性的讲述。同时,这些动画不仅是作为个体推向市场,更是形成呼应,形成系列,建立了自己的叙事宇宙,尤其是以追光动画的新传说、新神话、新文化三个系列为代表。

第二是多数动画电影都改变了单维叙事线的推进,有多维的故事建构,有些影片更是建立了两个世界,或者创立了一个完全不同于原故事的世界,但原故事的背景和人物关系依然影响着叙事,创作者在多维宇宙中自由地编织故事,体现出跨层叙事的娴熟,如《白蛇2:青蛇劫起》《新神榜:哪吒重生》《新神榜:杨戬》等。

第三是形象塑造的拓展,即超级英雄的诞生。因为现实主义的叙事传统非常浓厚,我们虽然有各种神话英雄、抗战英雄、革命英雄、平民英雄,但是没有超级英雄。可是在成熟的电影市场,超级英雄的故事一定不会缺席的,比如北美市场和印度市场都有超人的故事。我们的电影一直没有超级英雄,即便《战狼2》也是非常克制、依托集体和祖国的常规英雄。但是在动画片中,在追光动画的系列作品中,超级英雄诞生了,因为这些影片都有两个世界的塑造,在传统的故事时空里,这些人是神和妖,但是在另一个新建构的类比现代文明的世界里,这些主人公都以超级英雄的形象存在,这是中国电影中形象塑造和叙事层面的一个重大突破。

第四是这些动画电影让中国传统文化与民族美学得到弘扬。这些动画电影在多向度地讲述中国久远的神话传说、历史故事等,中国的传统文化在这些故事中得到符合当下审美的讲述,在造型、色彩等美术风格方面呈现出中国风格的气质与范式,是中国动画学派的美学勃兴和弘扬。很多影片都充分利用了中国绘画中写意的手法,铺陈一些唯美意蕴的抒情段落,呈现民族风格的唯美意境。像《白蛇:缘起》《姜子牙》《深海》《长安三万里》这些三维动画片,影片中都有特别的段落用二维动画来表现传统民族化的意蕴意象。最突出的就是《深海》的粒子水墨了,更是在三维世界让中国传统水墨的灵动气韵得到新维度的传承和发扬。此外,还有很多作品都有意识地利用传统民乐,比如《西游记之大圣归来》中的秦腔,《大鱼海棠》中的二胡、三弦、筝(虽然音乐团队是日本的),《白蛇》中的古筝、古琴、萧、阮,加上电子音乐的京剧伴奏等,这是中国传统音乐在动画片里的现代演绎和重构,

新中国动画学派的崛起对于当下中国电影高质量发展具有积极意义。以前我们谈中国动画学派还在思考中国动画学派是指向作品还是指向创作者,但是笔者认为现在它是指向以新的电影工业条件为基础,以民族风格讲述中国故事、传递中国思想的一个动画生态群落。这个生态群落是不断发展的,就作品数量、市场收益、技术进步、美学呈现而言,它呈现出一个完整的生态。最重要的是,它也是中国新主流电影的重要组成部分,丰富了电影形态和内容,完善了电影市场供应,而且有望在不远的将来让中国成为继美国和日本之后的第三动画大国。当然,这些动画电影讲述的是与民族传统文化相关的故事,呈现出中国化的风格和气质,所以新中国动画学派的崛起,自然是塑造着和传播着文化自信的中国形象。

谭 政 《电影艺术》主编,中国文联电影艺术中心研究员。

精品是如何成就的

——以京剧《风华正茂》为例

邹 红

京剧《风华正茂》是国家京剧院为中国共产党成立一百周年倾力打造的献礼之作。该剧由何冀平编剧、宫晓东执导，重点讲述了毛泽东北上探寻救国之路，接受马克思主义及回湘创办《湘江评论》、成立湖南共产主义小组的光辉历程，描画了李大钊、陈独秀、何叔衡、邓中夏、蔡和森、向警予等革命先驱的群像。2021 年 9 月 21 日,《风华正茂》在梅兰芳大剧院首演。此后又于 2022 年 9 月亮相第十三届艺术节，毛泽东的扮演者、国家京剧院青年演员李博获得第十七届文华表演奖。在接下来的全国巡演之旅中，剧组先后去往潍坊、淄博、南京、泰州、福州、厦门、宜春等城市演出，所到之处广受好评，而《风华正茂》作为国家京剧院精品制作和保留剧目的地位也由此得以确立。

依我之见,《风华正茂》之所以能够成为国家京剧院的精品，原因主要有二：一是强强联合，让专业的人做专业的事；二是守正创新，既属本色当行又有所开拓。

京剧《风华正茂》堪称强强联合的典范。国家京剧院作为国内京剧演出行业龙头老大无须多言,值得一提的是该剧的编剧和导演。作为国内著名的影视剧三栖作者,何冀平凭借《天下第一楼》《新龙门客栈》《新白娘子传奇》等作品在话剧、影视编剧领域享有盛誉,但她对戏曲创作的兴趣却鲜为人知。何冀平曾表示:"我喜欢戏曲,尤喜京剧和越剧。《天下第一楼》就是用一曲京剧的'尾声'结束全剧,关上大幕的。我很想写一个戏曲本,把我善写的台词变为唱词,用我喜爱的板腔唱出来。"所以,当2010年国家京剧院邀请何冀平将其话剧《德龄与慈禧》改编为京剧时,双方一拍即合,于是就有了京剧《曙色紫禁城》。恰如《天下第一楼》上演当年即获第一届中国戏剧节优秀剧目奖一样,《曙色紫禁城》同样获得了第十二届中国戏剧节优秀剧目奖。何冀平作为戏剧编剧的才华,于此可见一斑。也正是《曙色紫禁城》的成功,直接促成了何冀平与国家京剧院的第二次合作。

导演宫晓东的情况与之相似,既执导话剧,也涉足影视。其话剧代表作如《毛泽东在西柏坡的畅想》《生命档案》《平凡的世界》,电视剧如《小井胡同》《北京夏天》《天桥梦》等都有很好的口碑。此外,宫晓东还与北京京剧院合作执导过京剧《宋家姐妹》《云之上》,与广西壮族自治区戏剧院合作执导过彩调剧《新刘三姐》,与四川交响乐团、歌舞剧院合作复排歌剧《同心结》。宫晓东执导的作品曾多次获得"五个一工程"奖、文华奖,是当今中国戏剧界最具影响力的导演之一。

强强联合的前提,除了合作者在各自艺术领域的造诣之外,更需要有一种内在的契合。必须承认,何冀平与宫晓东虽然在话剧、影视创作导演方面成就斐然,但京剧的确不是他们的长项。国家京剧院之所以邀请两人加盟《风华正茂》的创作,更多是基于这部作品的艺术品格。作为一部党建献礼之作,《风华正茂》着力于在京剧舞台上塑造领袖人物形象,故无论是剧本写作还是舞台演出形式都有别于传统的京剧,而何冀平、宫晓东两位在现代题材和红色经典方面都有不俗的表现。何冀平编剧的电影《决胜时刻》、宫晓东执导的《毛泽东在西柏坡的畅想》取材相似,都是表现中华人民共和国成立前夕毛泽东等中共领导人运筹帷幄、决胜千里的光辉业绩。这意味着何、宫两位在塑造、展示领袖人物形象方面已积累了较为丰富的经验,是京剧《风华正茂》主创的合适人选。再有就是,两人都有意在戏剧中尝试新的音乐元素。如何冀平创作的话剧《烟雨红船》就带有明显的歌舞剧色彩,而宫晓东在其执导的京剧《宋家姐妹》中融入斯美塔那的《我的祖国》、柴可夫斯基的《第一交响曲》等世界名曲。

　　从守正创新的角度来看,如果说国家京剧院深厚的京剧艺术底蕴为守正提供了坚实基础,那么何、宫二人的跨界身份则为创新提供了更多可能。一般说来,相邻艺术样式之间的取长补短是各类艺术得以突破成规、实现创新的重要途径,京剧自然也不例外,而特定的题材更决定了无论是剧本写作还是舞台呈现都必须突破京剧固有的表现方式。所以我们看到,在结构上,京剧《风华正茂》更接近话剧的多场次块状结构而非线性结构,因为非如此不足以呈现特定的历史背景,不足以展示众多的历史人物,不足以叙述长时间、大跨度的历史故事。相应地,《风华正茂》还从歌剧中引入歌队。何冀平在其创作谈中写道:"根据剧情的需要,舞台上出现的史实多、人物多、场景多、跨度大,为了场与场之间转换流畅,主次人物区分,人物上下场,要有一个可以串联起来的形式,以衬托演员唱腔、渲染舞台气氛、推动剧情,我采用了歌队的形式。"事实上剧中歌队的作用远不止此,除了结构功能外,至少还有烘托功能、代言功能、介入功能等,如剧本所写:"(歌队)分男女两队,随剧情随出随入,扮演剧中人物,参与对话、议论,渲染气氛、情绪,调节时空转换,不在人物表之列的角色由歌队扮演。"在京剧舞台上,将歌队置于如此重要的位置,承载多方面的戏剧功能,《风华正茂》应该是第一次。难能可贵的是,主创人员能够依照京剧固有的艺术特征,将歌队的引入与传统的唱、念、做、打相结合,创新而不违守正。

概而言之,强强联合、守正创新是成就艺术精品的重要手段,戏剧作为一种综合性艺术,更需要包括编剧、导演、演员以及作曲、舞美、灯光、道具、服装、化妆等全体主创人员的通力合作,其中制作方的统筹整合能力尤为重要。在此意义上说,京剧《风华正茂》的成功固然仰仗了国家京剧院强大的演出阵容,如饰演毛母文七妹的梅花奖获得者、著名京剧表演艺术家袁慧琴,饰演毛泽东的青年优秀演员李博和饰演杨开慧的郭霄等,都为演出增色不少,但相比而言,其决策层善于识人的眼光和包容的气度更值得称道。

邹　红　北京市文联特约评论家,北京师范大学文学院教授。

跨界吸收，融合创新

龚应恬

"话剧加唱"被批评了很多年，认为弱化了原戏曲舞台上的神韵。方法也许值得商讨，但态度是积极的，我以为过度谈"界"也是一种制约。只有去吸收、融合、尝试才能有真正意义上的分辨，才能区别得失。如果尝试都不敢，固守那些多年来约定俗成的、人为的"界"，会限制我们的思维，出新就很困难。

比如"话剧"一词，现代汉语词典上一直认为是"区别于传统戏曲的以'唱、念、做、打'的程式表演，主要以对话演绎剧情的舞台形式"。话剧这个词是洪深先生最早的翻译，但是我听一些专家讲，这个翻译并不准确，在西方，没有话剧，只有舞台剧。以后有了戏剧一词，一度戏剧在我们这儿也是多指话剧、歌剧之类，戏曲总是单独跟人打招呼，中央戏剧学院多年来就没有戏曲系或京剧、地方剧系，这几年才有。国外称戏曲为中国歌剧，国内的人好像都不太愿意接受。以后有了剧协，戏曲和话剧合到一块儿办公了，但是杂技还是没进来，被合到了曲艺里去了。杂技也有杂技剧，现在上海有了《战上海》这样很火的杂技剧，那它是杂技还是剧？要我说都是舞台剧的一种，都在舞台剧的概括里，区分得太细了也不科学,会有更多的"界",会有一些不必要的限制。当初杂技还是我们舞台剧的鼻祖呢!汉代的杂耍、说唱,不是后来唐参军戏、宋杂剧的源流吗?不但杂技是鼻祖,说唱也是舞台剧的鼻祖。说到戏曲,进入成熟期的昆曲六百年了,京剧两百年,说到汉代的百戏、唐代的参军戏时间更久。求变求新几百年,甚至上千年了,新时期求新求变,守正创新,什么是正?什么是新?怎么新?各有路径,方式方法能试都试过了,成败参半。下面我谈谈个人这几年在舞台上的一点点尝试。

2021年我和张继钢导演受邀为山东做话剧《孔子》,投资比较大,方方面面的规格配置都比较高,要求也比较高。当时山东省话剧院就说了,我们已经有四版《孔子》了,我们就是想请你们来做一部不一样的话剧《孔子》。说是话剧其实不准确,最后我们的呈现实际上是多剧种的,是综合的。一台"话剧"里,里面有十首歌,有十多段的舞蹈,演出现场有八十多人的乐队,剧中有一小场搬了京剧的段落。孔子时代,京剧还早着呢,导演认为呈现需要。导演认为这是"张继钢风格",他说了,"如果我排得戏和别人的一样,为什么要请我张继钢呢?而且谁规定了话剧只能用话不能用歌舞了?古希腊话剧里什么没有?"导演不在乎别人认不认为这是话剧,他认为这是一部好看、有思想、有表达、有创新的舞台剧。这是一次大胆的融合,歌剧、舞剧、京剧,风险很大的。后来确实也被很多人诟病,认为根本就不是什么话剧,有人甚至认为这是一台晚会。我不那么认为,我认为这是一次非常有价值的尝试。有没有价值主要看它有没有利于主要人物——孔子的塑造,有没有利于主题的开掘和深入,我作为编剧很肯定地说,在这几个层面上导演的这些手段帮上了剧作,在剧作的基础上有很大提升。既然如此,我认为这就是价值所在、意义所在。通过大胆的融合吸收,它帮助到了整个剧,这就是创新的目的。

2023年上半年我和台湾导演李宗熹合作了《寻味》,这是一部贯穿台海两岸七十年历史再现一家五代人生活的话剧。年代久远,历史繁复,关系盘根错节,涉及的事件和场景远远超乎一般的舞台剧,后来通过合并,把它纳入三十九个场景里了。但是,这三十九个场景对于舞台美术和舞台的转场而言也是个不可完成的任务。后来我们借用了电影的手法,用电影的"场",代替平时话剧中的"幕",用三层转台的移动和舞台灯光的启灭来迅速转场。有一场,只有李家第三代李明维收信的情绪,灯下他读信,从他的情绪里观众明白了家庭的变故,没有台词,也没有形体,只有情绪。这是完全电影的,也是以前舞台上未曾出现的。其实这也不是我们才用的,美国音乐剧《汉密尔顿》也有类似表达。全世界都在求新,新的题材、新的观众、新的演出条件和新的技术指数,催促了、支撑了我们的融合出新。最近我也听了一些《寻味》观众的反馈,他们对这样的手法还是接受的、喜欢的。而我们这些主创当初是针对这样一个容量很大的题材不得不想办法来解决的问题。所以,融合是必然的,是趋势,这些年电影电视剧的繁荣培养了多少有千部万部影视观赏经验的观众,舞台剧的线上播放、戏曲频道、戏曲片、空中舞台、舞台影像展映等又大大拓展了新的舞台剧观众群体,对于这些新生力量,你如果守旧,如果跟以前的老剧一样方法老套信息量有限,很难争取到他们,很难留住他们。我们经常说"纯粹",说"简单",说"干干净净",听着都是道理,都是好词儿,似乎都是一种"坚守",事实上,我们恐怕不能回避市场和危机,恐怕两条路得同时走,既要有单纯的、纯正的、正宗的、传统的,恐怕也要有融合的、多元的、高视觉信息的,只有这样,才能应对今天的进步和需要,才能为我们自己留一条生路。

破"界"是很难的。这是一种多年约定俗成的"成剧"和"观剧"规则,尤其在戏曲界,尤其是昆曲。十年前我拍过昆曲电影《红楼梦》,黛玉葬花一场,它在舞台上是一个套曲,三大段,在电影里太长了。当时我要截去两段就被很多人反对,因为老规矩里套曲就是套曲。我不管,以我的电影节奏为准,截了。到今天不也被认可了? 还有,最后一场《赤条条来去无牵挂》,我就用了角色跨越,一部剧里行当跨越,贾宝玉从小生到了武生,情绪需要,表达需要,艺术力量上的需要,没人用过我就用了,承担一点批评没什么,冒点险也没什么,又不是扔原子弹,死不了人,只要对你的剧有作用,你就试试。为什么不试试?

当然,融合只是手段之一,求变也是。还是那句话,一切为了人物,舞台上塑造人物是绝对中心,塑造出生动、准确、有新意、信息量丰富的人,才是根本,透过我们塑造的人物能涵括我们这个时代,或者说能精准表达这个时代的社会、心态、审美才是观众的需要,才是我们的舞台该塑立起来的那张有灵魂的时代面孔。

龚应恬　北京老舍文学院专业作家。

跨媒介剧场的悖论

——评李建军版《阿 Q 正传》

彭　涛

　　2023 年 10 月 19 日至 22 日乌镇戏剧节期间,李建军的"新青年剧团"把鲁迅先生的《阿 Q 正传》搬上了舞台。早在 2011 年,李建军就曾将鲁迅先生的《狂人日记》搬上舞台,"在舞台设置上,《狂人日记》采用的是废墟的概念,舞台由几百块砖头和大量的碎石块铺成,石块下的铁架子将在戏里来回移动,形成移动的舞台。这些是表演重要的部分,演员将在砖块和石头里行走、挖掘"。① 演出引起巨大争议,豆瓣网友"舒月明"表示:"实验话剧不出意外地做作,故弄玄虚。"② 豆瓣网友"荔蓁"认为:"新青年剧团的《狂人日记》则直刺这种人们出于心理防御机制的选择性忽略、遗忘和误读……该剧极具质感。更为难得的是,这部剧通过先锋性的表现形式,鲜明地呈现出了原著内在的层次感。"③ 问题的

① 叶露、常浩:《〈狂人日记〉再登话剧舞台,用废墟隐喻现代文化》,《北京青年报》,2015 年 4 月 6 日,第 10 版。

② 舒月明:《想宽容一点评价发现很难,原谅我的毒舌……》,https://www.douban.com/location/drama/review/7453767/。

③ 荔蓁:《无尽的杀戮,无尽的救赎,都与我有关》,https://www.douban.com/location/drama/review/7154764/。

关键,还不在于公众对这出戏的评价褒贬不一,更重要的是,鲁迅的经典作品是否与今天的时代产生了共振?网友"淑娜许(娜娜疯)"表示"这部戏给我的刺激很大",演出让她联想到当下诸多日常生活的现象,激起了她内心的愤怒与共情,尽管演出缺乏统一性和整体性,但是她为此辩护:"这本身就是一个后现代的拼贴舞台……剧场内是一个错位的时空,剧场外也不过是错位的人间。"①从这个意义上来说,《狂人日记》在某一部分观众群体中,实现了剧场"作为共同体的集会或仪式的本真性"。②

《阿Q正传》延续了李建军近年自《世界旦夕之间》《变形记》《大师和玛格丽特》逐步形成的个人风格与形式美学:大量运用戏剧影像(即时影像、即时合成影像、预录影像)的跨媒介叙事手段,演员表演与面具傀儡融合所形成的怪诞表演形象系统,狂欢化的舞台节奏……最重要的当然是对中国当下现实与普通民众生存状态的强烈关注。李建军版《阿Q正传》最突出的改编策略在于,试图将《阿Q正传》与《狂人日记》两个文本拼贴融合为一个整体,让阿Q与狂人直面对话:阿Q在砍头之后迫切想要一个身体,他的灵魂附体到了狂人身上,时空穿越,来到2023年夏日的某个村庄田间,迷路的狂人遇到摇滚乡村游民青年阿Q,被阿Q骗走了五百元。

李建军的戏剧构思让人浮想联翩:阿Q的灵魂附体到了狂人身上,是否在暗讽中国知识分子的精神现状?当"五四"启蒙知识分子阐释世界、引领时代的使命消解之后,大部分知识分子已失去"狂人"的清醒与反抗性。因此,阿Q附体在狂人身上有着强烈的现实批判性。当然,也可能是反过来的构思:狂人附体阿Q——表面唯唯诺诺,内里

---

① 娜娜疯:《〈狂人日记〉:牛逼乐师带我飞》,https://www.douban.com/location/drama/review/7156563/。

② 雅克·朗西埃:《被解放的观众》,张春艳译,《当代艺术与投资》2011年第2期。

残存着狂人不安的灵魂。李建军是在后现代的语境中排演鲁迅作品的,在结尾的电影影像片段中,被解构的不仅是阿Q,还有狂人:这是一个精明世故的狂人,在被阿Q骗钱之后,立刻警觉地拆穿了大仙的骗局。在前一幕结尾,阿Q投胎附体的段落中,李建军强调:狂人死了,他的躯壳成了土谷祠的新神。这是一个反讽和暗喻:启蒙知识分子精神已死,鲁迅先生及其笔下的狂人被奉为"新神",其内在精神早已荡然无存。在后现代的现实语境中,一切意义的建构都被消解、被碎片化,悲剧演变为喜剧,人们对新神的膜拜,不过是一种游戏般的仪式,不再意味着任何精神的升华与净化。

王学泰先生在《游民、游民文化与游民文学》一文中明确提出阿Q是"流浪于城镇之间的游民"。[①] 在李建军的舞台上,我们见证了阿Q作为游民的生存状态。他或许愚昧,或许油滑,或许自欺欺人,但是,你又怎么能向他要求更多呢? 如果连"精神胜利法"都不给他,那他怎么活下去?! 如果说鲁迅先生以冷峻的观察批判了阿Q的"精神胜利法"及其蒙昧的精神状态,那么李建军对阿Q则既有批判又深为同情。我认为,这正是李建军版《阿Q正传》值得肯定之处。

李建军的《阿Q正传》由"狂人的世界"与"阿Q的世界"拼贴整合而成,狂人的叙述为演出定下基调,开场是狂人的独白:"今天晚上,很好的月光。"在狂人的段落之后,展现的是众人围观阿Q被砍头的场面:舞台左侧的大屏幕上投影出一幅幅围观杀人砍头的黑白画面。整个演出的张力来自两个文本世界的冲撞,而矛盾与问题也来自此:一方面,某种程度上阿Q与狂人都被编导同情;另一方面,编导未能揭示"未庄"背后的秩序与权力结构,并没有能够将狂人眼中那个吃人的世界与阿Q被排斥被剥削的现实关系统一起来。地府中的牛头马面

① 王学泰:《游民、游民文化与游民文学》(下),《文史知识》1996年第12期。

仅仅是个叙事的文化符号,其指向性、批判性是不甚清晰的。

更值得探讨的问题在于李建军舞台上的剧场叙事与影像跨媒介叙事之间的关系。在此前的《世界旦夕之间》《变形记》《大师和玛格丽特》等作品中,李建军早已在舞台上大量使用戏剧影像,这些使用大致分为三类:一是在演出前事先录制好的影像,即预录影像;二是现场拍摄,同步投影至大屏幕的影像,也可称之为即时影像;三是演员现场在绿幕前表演,摄影机将其同步与预先录制的影像合成,成为一种即时合成影像。在李建军的这几部作品中,影像叙事已经成为舞台的重要组成部分,形成了一种亨利·詹金斯意义上的"跨媒介叙事"①,"是让舞台表演与影像两个媒介共同承担了各自的叙事任务,或加入观众互动体验部分,演绎各自的故事线,共同构成一个完整的故事世界"②。在李建军版《阿Q正传》中,狂人的故事发生在舞台右后方一个白色房间内,剧场中的观众在现场看不到白色房间内的具体表演,观众通过摄影师手中的摄像机和一个监控摄像头,看到狂人及其主要故事线索的影像。阿Q在地府中被牛头马面审问,继而回忆起生前在"未庄"的人与事——这部分内容的叙事也大多由演员现场表演及即时合成影像共同完成。总体而言,全剧影像部分大概占据一半的内容。有观众抱怨,《阿Q正传》中的影像挤占了演员的现场表演。是影像与现场表演比例的问题吗?问题似乎还不能简单地归结于比例。英国著名导演凯蒂·米歇尔(Katie Mitchell)的《海浪》《朱丽小姐》等作品的主体甚至就是舞台屏幕上的"影像",甚至可称之为"即时电影"。

在我看来,李建军版的《阿Q正传》在形式上或许出现了一种"主

---

① 参见亨利·詹金斯:《跨媒体,到底是跨什么?》,赵斌、马璐遥译,《北京电影学院学报》2017年第5期。

② 陈晨:《延伸的电影:戏剧影像的跨媒介叙事研究》,《北京电影学院学报》2020年第11期。

体性的失衡"。首先,这种"主体性的失衡"表现在对鲁迅原文本的运用、拼贴与编导自创文本结构之间的冲突。剧中阿 Q 在地府被牛头马面审问的情境、赵太爷摆"长街宴"的场面以及最后狂人迷路被阿 Q 所骗的当代化场景,都是编导自创的新文本。自编新创文本与鲁迅原文本之间产生了一种意义与表达的冲突。结果是:这部剧一方面试图以当代化的手段表现鲁迅原作的精神内涵,另一方面,编导似乎想要脱离开鲁迅原作,建构自身的文本逻辑。最终,观众对"作者到底是谁?"产生了疑问:是鲁迅还是编导? 作者性的模糊,同时也带来评价和观赏的困难。其次,狂人的叙事线索与阿 Q 的叙事线索并行,尽管,编导试图通过阿 Q 投胎的情节桥段将两部分内容统一起来,但是,这两部分的情节线索依然有着内在的断裂感,在主题表达上也指向不同方向。最后,影像叙事和剧场叙事之间也没有形成一种整一性。这种整一性不是影像叙事和剧场叙事在时长方面的比例问题,而是在主题表达方面是否能够形成合力的问题。例如,在李建军版《变形记》之中,尽管影像的内容也几乎填充、占据近一半的演出时空,但是,最终统一在"快递员·格里高尔"的命运线索框架内,并无断裂之感,全剧有着强烈的现实批判性。

李建军版《阿 Q 正传》并不完美,但仍然是 2023 年戏剧舞台上一个美丽的收获。从《世界旦夕之间》到《变形记》,从《大师和玛格丽特》到《阿 Q 正传》,李建军延续他的跨媒介剧场美学,这种探索不仅在于舞台形式和叙事语言的探索,更重要的是,他始终如一对现实有着强烈关注,有着对后工业社会芸芸众生的生存困境的温暖关怀,有着对被权力、城市和媒介所异化的人的存在和现代社会结构的批判意识。

彭 涛 中央戏剧学院戏剧文学系主任、教授。

戏曲：从大众化市场到分众化市场

颜全毅

在传统文化不断升温,青年人对传统文化艺术和国潮国风充满兴趣的当下,戏曲艺术如何赢得观众,获得更稳定的市场和受众群? 今天的戏曲市场与传统时代、几十年前,有了多少异同或者说发生了什么重大变化? 这些无疑是现实且很有价值的问题。思考当今的戏曲市场化问题,关系到戏曲艺术或者具体一个剧种如何面向现代和未来,为生存和发展制订明确定位计划,做出相应设计、营销、宣传乃至创作等各方面具体举措,这就需要戏曲从业者对当前戏曲现状和市场需求有更清晰明确的了解。

今天戏曲的市场化问题,其实是从大众化市场转向分众化市场的一个转型现象,也就是说,戏曲已经从几十年前大众化艺术市场走向了分众化市场。事实上,在快速变革的时代,分众化市场是一种不可逆转的社会现象,不仅仅包括我们从事的戏曲工作,广播电视、影视作品也是一样,这也是从农业文明到工业文明的社会性变革。作为历史悠久、参与者众的艺术形态,戏曲形成、壮大于中国传统社会,大部分声腔、剧种都出现在农业文明时期,进入二十世纪后半叶,即便进入工业文明迅猛发展的时代,有深厚积累的戏曲艺术依然取得几次辉煌光景,出现万人空巷、轰动一时的效果,例如二十世纪五十年代后期到六十年代前期;八十年代初期传统戏恢复演出时期,一些剧种以出色的作品和演员,赢得了广泛的影响,可谓拥有大众化的市场影响力。

毋庸讳言,在影视、网络的不断冲击下,戏曲市场逐渐萎缩断层,跨越圈层的影响力逐渐消减,更重要的是,在社会高度发达、信息流播迅速的现代社会,文艺门类大多都失去大众化影响力,像在八十年代那样,一部电影,一个春晚节目,都能在社会上引起广泛讨论、集体参与,现在,不同年龄阶层、兴趣爱好者之间的审美壁垒甚至超过时间和国界跨度。在文艺类别不断从大众化市场走向分众化市场同时,传播模式也在加剧分裂和转型,短视频不断冲击原有观影、观剧模式,而数字化时代对不同审美和兴趣点的精准捕捉,更使得艺术欣赏的分众化趋向顺理成章。

因而,在注意力不断被转移,短视频取代长视频、长篇大论的手机时代,人们有更多选择权,艺术作品和产品也在努力深挖自身潜力,在深入建立自身文化品位、审美口味相近的受众群,用自己的艺术魅力形成长效有吸引力的分众市场。这方面,舞剧、话剧都取得了一定的成效,例如,在上海、北京等一些成熟的话剧市场,制作不同受众口味、小众吸引力的作品成功赢得观众,女性向话剧、赛博朋克式作品等题材剧目获得了较高上座率,解压、爆笑式喜剧一直在青年职场观众当中深受欢迎。甚至从舞台剧转变到影视赛道,接受更广泛层面观众的检验。可以说,舞台剧有自己的限制性,但不大的剧场主要有足够的关注度和上座率,就能让自身艺术得到较好的发展空间,只要小众、分众观看群体足够稳定成熟,剧种、剧团、班社的现代和未来就具备相当想象力。

戏曲当前的发展,要理解分众化发展背景,采取相应的市场策略,才能取得一定的成功。从二十世纪五六十年代、八十年代初期的大众化市场,许多剧种影响天下,到二十世纪八十年代后期举步维艰、观众萎缩,是戏曲发展深受社会转型和文化形态嬗变影响的必然现实。近些年来,随着中国社会经济高度发展,在"文化自信"背景下,社会各界,特别是年轻人对传统文化的向往,自然而然带来戏曲艺术一定程度上的复苏繁荣,观众更多了,包括青年观众。但现在的观众显而易见比以往审美要求更高,口味更挑剔,在众多选择面前,随时会有转向的可能,这就需要各剧种、院团适应形势,不断推出相应策略,去营建保持和吸引观众的艺术护城河。

在这一形势下,戏曲剧种没必要贪大求全,更不用削足适履,以放弃自身本体特色去迎合和寻求大众化口味,而应发挥和放大自身传统优势,以差异性之美牢牢吸引知音和观众。当然,在面向分众化市场之时,也要根据声腔、剧种、剧团、演员自身特色,制定发展规划。

首先,放大自身特色,打造剧种或者演员的标示度,一些古老剧种倚靠深厚传统和鲜明特色,在"国潮风"加持下,完全可以吸引一定的青年观众进入演出现场,进而转变为坚实观众基础,典型例如昆曲,六百年历史的强大积淀,众多剧目和折子戏的精彩传承,使其在一众戏曲剧种中具有强大底气,也获得了观众的回报,全国昆曲院团在传承演出《牡丹亭》《长生殿》《桃花扇》等经典剧目不断赢得口碑外,也有了不断创新、推出新作品的实力,像北昆的《红楼梦》,江苏省昆的《瞿秋白》和《世说新语》,都有自己一大批粉丝。在专业院团之外,昆曲的分众市场魅力又吸引了社会各界力量和校园戏迷参与剧种发展中,上海大剧院制作的《浮生六记》,南京社会制作的园林版《浮生六记》,都使得昆曲的市场化运作有了一呼众应的可能性。与昆曲的"百戏之祖"历史地位不同,福建泉州梨园戏、浙江婺剧,本属地方性小剧种,前者更是只有一个专业院团的"天下第一团",但由于坚持住了特色,抓住了现代观众的审美需求,在小众市场里也十分火爆,梨园戏剧团将于2024

年正月十五在泉州举办的梨园戏演出季，吸引了一批城市中产和文青，能坐着飞机去泉州看戏曲表演，这对于一个剧种发展而言，就是很好的生态。

其次，戏曲分众化市场要敏锐捕捉青年观众的思潮思绪，提供他们能够接受的方式，导入更多宣发手段，制造一定的热点和聚集效应，借助新的传播手段，带动一批审美相似的青年人关注剧种和戏曲，从而圈粉。这方面，抖音、快手等短视频平台为许多戏曲演出和演员的出圈探索了很好的路径，如何改变短视频平台单打独斗、各自为政的局面，将剧种、剧团甚至戏曲群体力量形成合力，无疑值得戏曲人进一步思考和探索。

颜全毅　中国戏曲学院戏文系主任、教授。

当未来已来，戏剧创作者准备好了么？

林蔚然

1980 年第 1 期的《世界文学》上，刊登了捷克著名作家、剧作家、新闻记者、童话寓言家卡雷尔·恰佩克（1890-1938）在二十世纪二十年代写就的科幻剧本《万能机器人》。剧名中的"Robota"一词被用来形容一种经过生物零部件组装而成的、为人类服务的劳动力。这个词后来演化成了 Robot，成为人造人、机器人的代名词。这些大批制造的机器人外貌与人类相差无几，并可以自行思考，然而一场机器人灭绝人类的叛变计划正在进行。该剧于 1921 年在布拉格演出，轰动了欧洲。在该剧的结尾，机器人接管了地球，并毁灭了它们的创造者。

伟大的剧作家总是具有前瞻性。在二十一世纪进入第三个十年的当下，作为戏剧创作者，我们不禁要为写作这一历史悠久的传统行业而开始担忧，以不变应万变似乎说服力已经不够。时代发展日新月异，"乱花渐欲迷人眼"，首当其冲的就是第一生产力——写作者。我们经历的是一场剧烈的变化。二十年前，大部分剧作者还习惯以纸笔做原料，仅仅几年后，越来越多的编剧已经离不开笔记本电脑，其思维方式也以十指作为触点，延伸开去。生产工具的革命性变革，要求剧作者与时俱进。更多的读者和观众已经习惯于观看戏剧视频，无论是英国国家剧院现场，还是疫情之后的线上戏剧展。当科技高速发展，媒体通道变得随心所欲、唾手可得，一个人可以随时向全世界发表自己的观点；当戏剧成为社交的方式，剧本杀站在新的风口，青年男女可以借助戏剧传情达意，使其效应延伸并介入参演者的生活；当演出场所已经逐渐从传统剧场转移到景观空间、特殊场域，并邀请观众沉浸其中，成为演出深度参与完成者……

对于戏剧写作而言，因其终端呈现的介质和渠道正在改天换地，写作者在不断扩充内存、修炼内功的同时，适应和拥抱每个变化也势在必行。例如青年写作者们走进行业，迎接他们的是细分的市场，能否抓住机遇站稳脚跟，寻求并不断开拓适合自己特质的创作领域与题材风格，是个不小的挑战。

把目光投向更远，我们不禁暗自悚然心惊。如今影视动画行业已经使用人工智能写起了剧本——AI 对文本的大数据进行整合、筛选、组合、输出，虽然写出的剧本不乏怪异，但它显然代表一种可能性和投资方乐于选择的未来趋势——高效且节约人力物力。而国内也有公司获得阿里投资，以"在线剧本智能评估""在线剧本智能写作"等模块产品与阿里影业、优酷等头部公司合作，进行智能剧本测评、多人协同智能创作等尝试，从产业链的两端切入以获得用户：为投资方检验编剧作品是否符合市场通常所欢迎的类型而提供科技抓手，如"智能剧本医生"；以提高编剧工作效率为切入点，如智能排版、场次和戏量智能统计，更有"找故事""AI 人设生成""小说转剧本"这类以类型人物设定、戏剧性情节提取等直接介入写作环节。

目前此类探索仍较为克制地停留在辅助编剧和资方工作的层面，但已经足够令人深思。当剧本写作成为格式化一键生成，文学艺术的独创性为算法所覆盖，其所带来的负面效应会远远大于产生的效益。

在世界范围内,历史长卷中值得书写的精神产品,凝聚的是人类历史、哲学、文学、思想的瑰宝,是创作者幽微的个人生命体验与世界产生同频共振,是写作者不管不顾的激情与理性缜密的思考相互较量的产物,每一个都是"这一个",如果将其批量生产和模式化,推导出可以恒定遵循的规律并快速生成产品,其最大的核心价值、引领和昭示行业的作用则已被消解大半。当剧本创作成为快消品,短期内或许可以如同网文一样吸引大量受众,但从长久来看,观众终究有厌倦之时,而由审美疲劳所带来的恶性循环则会影响到全行业发展。因此,克制地使用科技在文学艺术领域的探索,或许是更加科学的态度。

戏剧写作者要向同行业的杰出者看齐,并成为金字塔尖的人,最大的障碍是超越自我。而在写作者里,具备自我表达和积极沟通能力,更有机会在当下的全媒体时代中寻求到良好的合作机遇,进而抢占先机。全媒体时代更加彰显了对写作者全面素质的考核,也为写作者提供了更广阔的渠道。以受众范围颇小的剧本为例,除去在剧场中上演,文本在杂志上发表、作为图书出版,在网络以电子书的方式传播,更可以通过转化视频和音频的方式,尝试从多个渠道和角度输出,针对受众的不同需求,选择最适合的媒体形式,细分并深度融合,全方位多角度触达读者和观众。

未来已来,以不变应万变,是戏剧写作者应该具备的定力。深入到题材方向中,深入到人物塑造中,深入到生活体验中,谙熟写作技术,敢于向不同领域探寻,以创新创造为第一要义,从人物出发,创作出思想精深、艺术精湛、制作精良的戏剧作品始终应该是创作者的追求。修炼内功永远是制胜法宝,保持对生命的新鲜感、对生活的好奇心、对情感的敏锐度,关心事件背后的人物命运,对苍生怀有易感和悲悯之心,而后善于提炼、聚焦。铺陈与跌宕,诗意和世事人情,都从笔下灵动的戏剧结构中激荡张力。独家秘制的美味总是难以被复制粘贴的,当作者深耕细作将风格发挥到极致,或一戏一格令观众永远惊喜,期待感和偶尔发挥失常的令人失落,都那么真切,因其不可预知而显得神秘而美好。

终其一生,戏剧都在以它飘摇莫测、浑厚震撼的美,向我们召唤。而时代永远前行,戏剧常新,这也是作为戏剧创作者终生需要专研的课题。积极主动地面对扑面而来的未来,是我们为自己寻找到的唯一生路。

林蔚然　中央戏剧学院国内合作与交流处处长,一级编剧。

新时代曲艺的青春力量

蒋慧明

新时代，新起点，新征程。中国曲艺，深植于中华优秀传统文化的丰厚土壤，浸染着时代的气息，秉承着创新发展的理念，正愈发呈现出新时代所特有的光彩。

一、时代的课题

弘扬民族优秀文化艺术之精髓，守正创新，不断进取，这是新时代摆在每一位曲艺从业者面前，必须完成好的时代课题。用曲艺的形式讲好中国故事，塑时代之形，铸时代之魂，曲赞时代，艺为人民，以更多具有时代感召力的优秀曲艺作品，回馈社会与人民，这是时代赋予我们的责任。

习近平总书记在《在文化传承发展座谈会上的讲话》中明确指出：在新的起点上继续推动文化繁荣、建设文化强国、建设中华民族现代文明,是我们在新时代新的文化使命。如何更好地担负起新的文化使命,正是今天的青年曲艺人所要面对和必须认真实践的重要课题。我们欣喜地看到,新时代曲艺的青春力量正在集体绽放,这是时代的机遇,也是这一代青年曲艺人的幸运。

书写历史、记录时代、昭示未来,是青年曲艺人进行创作表演的直接动力和方向。观今宜鉴古,无古不成今。优秀的曲艺作品里无不蕴含着民族文化的基因,以情动人,化育心灵。因此,新时代的曲艺作品,务必要积极弘扬优秀传统文化的价值观念、审美理想,以精雕细琢的艺术追求,鲜活生动的艺术表现,为人民抒怀,道百姓心声,始终与时代同步,与人民同心。

二、传承的使命

中国曲艺有着深厚的文化积淀和群众基础,数百个形态各异的曲种遍布祖国的城乡各地,生生不息,薪火相传,用中国老百姓喜闻乐见的艺术表达方式,传承历史,赓续传统;以说唱相间的特有表演手段,艺术地实践着中华优秀传统文化的连续性、多样性。

早在1981年,老首长陈云同志就提出了"出人、出书、走正路"的七字方针,时至今日,对整个曲艺艺术的传承与发展仍然有着重要的指导意义。

新时代曲艺的蓬勃发展,今天的青年曲艺人正是当仁不让的主力军。以守正创新的正气和锐气,赓续历史文脉,弘扬民族艺术,是所有艺术实践的必然旨归。传承发展的进程中,优秀曲艺人才的群体力量是形成区域性曲艺文化现象的重要基础。历史上,不同时期涌现出的北京曲艺家群体,就是由一批又一批志同道合、技艺精湛、地域风格明显、艺术追求相近、人品艺品皆为上乘的优秀艺术家组成,有着公认的代表性曲艺名家和代表作品,从而在全国范围内产生重要影响。

从这一层面而言,北京的青年曲艺人日渐崭露头角,集中亮相,亦可视作是对传承地方曲艺的主动与自觉。

三、青春的表达

今天活跃在文艺舞台上的青年曲艺人,正越来越自信地展现出属于这代人独有的青春风采。不断完善的人才培养机制,不同层面的选拔推优活动,为他们提供了广阔的发展空间和展示平台,他们日渐成为曲艺舞台上挑大梁的主角。

仅以近期举办的"艺苑撷英——2023年优秀青年曲艺人才展演""牡丹绽放——第三批曲艺英才培育行动汇报演出"等系列演出活动为例,登台亮相的均是来自各地的优秀青年曲艺人才。其中,北京的青年曲艺人如李丁、董建春(相声《北京北京,了解一下》)、金霏、陈曦(相声《合辙押韵的评论区》)等,展示出了相当深厚的表演实力和艺术创造力。长期在相声小剧场中的艺术实践,使得这两对青年曲艺演员不仅具有较强的舞台把控力,而且能够较为娴熟地运用多种相声的表演手段并与当下的现实生活有机结合。

中国煤矿文工团说唱团精心打造的《说唱大运河》曲艺晚会,以相声、评书、快板、鼓曲等诸多曲艺元素为基础,综合了民乐、京剧、古彩戏法等艺术形式,活泼生动地诠释了大运河的悠长历史、文化价值以及对后世的深远影响。尤为值得一提的是,从采风、创作到搬上舞台,整台节目的演员平均年龄不到三十五岁，青春洋溢，令人心生欢喜。

再如北京曲艺团创排的《我不是保镖》《有家客栈》，大逗相声社创排的《同行的你》，嘻哈包袱铺创排的《钓鱼》等相声剧，题材涉及反诈、反腐、养老等老百姓关心热议的话题，反映出青年曲艺人对社会民生的关注与思考。

这些富有时代特色的曲艺新作，既彰显了青年一代的艺术自信，又充分体现出他们身上独有的时代精神风貌。

2023 年，央视频开设了专门的戏曲曲艺频道，《"菁"彩腔调》《满堂喝彩》等广播电视曲艺栏目中，越来越多的青年曲艺人正成为媒体大力助推的主要群体。而在网络直播领域，青年曲艺才俊亦频频"出圈"，热度持续不减。像抖音等直播平台纷纷将营销重点转向民乐、戏曲、曲艺等传统艺术领域，亦成效显著。科技的赋能，演播空间的转换，多媒体平台的加持，越来越多青年曲艺人的脱颖而出已是必然，充分体现出这一代青年曲艺人"网感"十足的时代特征。

此外，青年曲艺理论评论人才也陆续亮相，包括一些曲艺自媒体的发声，一定程度上反映了青年曲艺从业者的自信与自觉。例如前不久召开的以"用相声讲好中国故事"的专题研讨会上，结合北京文联品牌活动之一——第十四届北京青年相声节的展演，多位青年曲艺理论评论者各抒己见，深入探讨了新时代语境下传统曲艺艺术的传承与发展。理论评论的介入，较之以往单一的观演关系，令当下曲艺的发展有了多维度的观照和面向。

简而言之，青年曲艺人才的集中涌现，是时代的课题，也是传承的使命。新时代曲艺的青春力量正蓬勃向上，生机益然，令人欣喜也令人期待。与此同时，结合对于曲艺人才培养的系列举措，也应做到：一方面要重点提升青年人才的思想素养和艺术功力，另一方面更要积极引导青年曲艺人"深扎"基层生活，近距离观察关注社会民生，以求新求变、精益求精的创作态度,为老百姓奉献出更多具有时代精神的曲艺精品力作。

好风凭借力,扬帆正当时。衷心期待青年曲艺人能够守中华优秀传统文化之正,创时代表达之新,践行艺术初心,担当文化使命,尽情展现出无愧于这个时代的青春风采。

蒋慧明　北京文艺评论家协会副主席,中国艺术研究院曲艺研究所副所长、副研究员。

当代舞蹈的新美学

卿　青

二十世纪九十年代以来,在全球化进程的推动下,各国艺术家们频繁的流动交往,新的舞蹈现象在国内出现并逐渐影响了国内舞蹈的当下面貌。具有原创性和现代意识的舞蹈作品层出不穷,新的舞蹈训练方法和编舞方法也不断进入学院教育和民间的舞蹈教育当中。以"当代舞蹈的新美学"为题,正是希望捕捉这一时代现象,探讨这类创作中浮现的、迥异于以往舞蹈的新的美学特点,并尝试对这一类创作与中国式现代化的关系做一个初步的思考。

一、提出当代舞蹈新美学的理由

仅从今年在北京和上海两地出现的若干场演出活动来看,就能感受到这类舞蹈丰富、多元的面貌,以及十足的当代活力。这包括了上海舞蹈中心的各种演出、阿那亚艺术节、北京国际青年戏剧节上的舞蹈演出,以及出现在这两地各个小剧场的演出等,这些大大小小的演出活动制造了不少演出热点,引发了很多可资讨论的问题。

显然,这种新的当代舞蹈无法再用以往我们讨论舞蹈时所使用的固定风格和技术特点来辨识或概括,也不再仅仅是情感主导的舞蹈表达,更不是主流舞蹈界所特指的革命历史题材和现实题材的当代舞蹈。这个新美学恰恰是在现代性的条件下,对这种以风格和技术为核心的舞蹈美学的超越。称这些作品是当代舞蹈,既意味着这些舞蹈能够直接照见当下现实,与当下生活中的人发生属于这个时代的特殊关联,也充分强调了这一类舞蹈无论在回望传统、观照现实和想象人类未来时都有一个凸显的当代视角。同时,以当代舞蹈的新美学为题,意味着这些舞蹈在舞蹈史的发展脉络中具有了可辨识的特点,提供了新的舞蹈审美经验和观念。这种美学拓宽了以往我们对舞蹈的认知,呈现了中国舞蹈的当代面貌。

二、当代舞蹈的几个特点

主要有三个基本特点可供我们探讨这种新的美学,即身体、剧场化和观念。

第一,从身体角度看,2023 年在第三届家政女工艺术节上演出的作品《分·身》和独立编舞潘晓楠的新作《日记帮助构成》都直接在舞台上使用了普通人的身体。《分·身》由常年从事即兴研究的青年舞蹈家廖书艺创作,她让家政女工在舞台上表演,直接传达这个女性群体中的友谊和信任。《日记帮助构成》让各种身份的都市年轻人登台,探索年轻人的都市生活经验和对自我的寻找。类似使用素人的作品还有前几年青年编导宋欣欣的《悠悠视界》等作品。各种年纪和身份的普通人的身体及其行为被搬上舞台，一方面带入了当代人的社会生活，另一方面也带来新的审美体验和新的舞蹈观念，拓宽了舞蹈的语言体系。这表明舞蹈不再将自己限制在既有的舞种和技术范畴内，而是让身体作为文化和社会的产品进入公众视野，增加了不同人群的可见性和舞蹈的公共性，使当代舞蹈成为一项有现实意义的文化实践活动。如同学者安德烈·赖派基（André Lepecki）所说，当代舞蹈是"一种与身体进行开放性交换的体系"。①

第二，突出特点是舞蹈的剧场化，这代表着舞蹈对于自身所处的剧场场域以及媒介间关系的重新认识。比如今年胡沈员创作的《忒修斯之船》是人和舞台上巨大装置的互动，北师大舞蹈系与法国合作的《莫比乌斯环》是沉浸式的舞蹈作品，观众可以在演出空间自由流动。很多国内的舞蹈团都将自己的团体或作品命名为舞蹈剧场，比如陶身体剧场、侯莹舞蹈剧场，或称自己的作品叫记录剧场，正是这个原因。对剧场的再认识和对舞蹈自身媒介的反思，使得当代舞蹈家们常常将自己定位在当代舞蹈和当代剧场的交叉地带，除了对演出空间的各种创造性使用之外，媒介间的对话也被强调，剧场的视觉化或者空间性的逻辑替代了以往的叙事逻辑。剧场本身作为一个特殊场域给观众带来的现场感和特殊的具身化体验，都在实践着一种新的舞蹈或剧场美学。

第三，是观念化或者思想性。笔者在这里不仅是指"观念舞蹈"这个如今比较时髦或前沿的舞蹈模式，更想泛指当代舞蹈创作中的问题意识。即编导有能力根据自己对社会、文化、艺术情境甚至舞蹈情境进行观察和创作，使得作品能够提供思考。这意味着当代舞蹈对作为情

---

① André Lepecki ed. , *Dance*, Documents of Contemporary Art, London：Cambridge, Mass：Whitechapel Gallery；MIT Press, 2012. p. 18.

感抒发或娱乐性质的舞蹈的超越,将舞蹈上升到智识层面,成为为知识大众服务、具有思想品格的当代创作。这对创作者和观众而言其实都带来了挑战,也标志着新的艺术家主体和观众主体的形成。比如今年有部新作品《掌声响起来》就是从舞蹈人的经验出发思考身体规训的问题,再如前几年的作品《小珂》,是根据舞蹈家小珂本人现场对自己舞蹈经历的回顾,呈现了她对舞蹈和时代关系的特殊观察和思考。

三、当代舞蹈与中国式现代化的关系

以上几个基本特点无法覆盖国内所有当代舞蹈的特点,当代舞蹈本身丰富的异质性已经将舞蹈带入开放多元并具有无限可能的创造的境地。这些舞蹈恰恰是在现代性条件下生成的,是在文明互鉴中进行本土探索的舞蹈,是中国式现代化的舞蹈表征。

其中一个重要面向尤其需要提及,即如何正确理解当代舞蹈对中国传统文化的创造性转化和创新性发展的问题。沈伟的作品《融》,通过装置、影像、现场表演等手段传达万物相连的中国智慧;陶身体剧场以挖掘身体的圆的运动带来了抽象的东方意蕴;侯莹的舞蹈作品体现了对时间性的东方理解。这类作品最突出的特点是,它们并不是对传统舞蹈资源或传统文化符号进行当代演绎,而是将他们对中国文化深层智慧和哲学的理解和判断进行当代转换。这些作品是当代的创造,但又是中国文化的精髓。我认为这些创作恰恰是中国式现代化探索中特别迫切和必要的讨论对象。

总之,中国当代舞蹈的发展在各方面都有了超越以往舞蹈的新的表现,并在世界范围内展现了中国舞蹈的新美学和思想水平。这不仅代表着中国当代舞蹈回应时代的能力,也代表着舞蹈理解文化传统的当代立场和朝向未来的视野。在我看来,这是讨论这种新美学的意义。我认为,这些舞蹈代表了中国式现代化的舞蹈现代化道路,也必定会在新时代塑造中国舞蹈的国际文化形象。

卿　青　中国艺术研究院舞蹈研究所副所长、研究员,《舞蹈学》集刊主编。

大象无形、出奇制胜

——舞台演艺发展趋势观察

李　驰

无论是演唱会粉丝的"发烧狂欢",还是观众对"破界"新样式的趋之若鹜,都在不同视角和维度上印证了疫情之后舞台演艺行业呈现出"逆风飞扬"的发展态势。在这些现象的"表""里"之间,蕴含着舞台演艺发展的乾坤新气象。

一、"没边界"成就"气象万千"

中国人讲"气"——"一团和(喜)气""大气磅礴",要想让"气"成为好的、广博的,在边界上需要"统一",在规模上需要"庞大"。舞台演艺的气象万千,不能是追求一模一样的等比复制,而应是包容、接纳各种不同,消融各类边界。

其一,消融内容边界,演艺具有高度融合的属性,这种"不排他"成就了演艺的"赋能"体质。

随着年轻化受众娱乐生活的多样性追求,在互联网络及娱乐综艺等多样手段的宣传推广下,舞台演艺逐渐成为深受年轻人接受与喜爱的休闲娱乐方式之一。剧场受众数量增加,舞台演艺制作日趋成熟,簇拥舞台演艺内容逐渐呈现出融合发展的态势,如从娱乐之都长沙走出来的超级网红IP"文和友"以"美食+演艺"的模式为传统餐饮行业赋能。以具有九十年代特色的建筑为场所,将传统炸串等特色街景餐饮与港风歌曲演唱、舞蹈表演等演艺要素融合,为食客带来吃、玩、赏叠加的多重体验;以"艺术乌托邦"闻名艺术圈内外的"北戴河阿那亚",其创始人马寅以艺术撬动地产业发展,通过"房地产+演艺"的模式为在地居民与外来游客提供既适宜居住又诗情画意的艺术生活家园;而流淌着江南小桥流水气质的浙江乌镇则以"环境+演艺"的模式为远道而来的旅人朋友提供了一场绝美的视觉艺术盛宴。

其二,消融空间边界,舞台演艺空间逐渐由"正襟危坐"的传统镜框舞台式剧场,走向"一切皆有可能"的广阔时空。

享誉国际的奥地利布雷根茨艺术节是一个水上艺术节。其在海平面上依海搭建舞台,每期以一个特定剧目为主题,设计极具视觉吸引性的露天舞台,观众坐在沿海边搭建的半开放式座位里欣赏水上舞台的内容演出,该艺术节将世界知名的舞台作品搬至海平面舞台,以更开阔的视觉空间给予受众更出众的视觉享受。这个艺术节的各级投资政府收获了高于投资"四倍"的税收收入。空间突破带来的不仅仅是表达艺术的张力释放,更成就了城市文旅的繁荣。

其三,消融时间边界,让时光不再是难以"逾越"的障碍。

科技手段的进步不断突破舞台演艺的共时性,将演艺不再局限于固有时空。如数字技术加持的"邓丽君演唱会""迈克杰克逊"等,通过虚拟影像重建、裸眼3D投影、全息虚拟成像等技术手段,再现歌手的形象,通过现场经典老歌与虚拟视觉的双配合,乐坛名场面被一一复刻,让从未亲身经历那个年代的年轻受众们也一睹老牌唱将的容颜。舞台演艺的时效性与在场性在数字技术的辅助下得以消融。

其四,消融关系边界,观众从"隔岸观火"到"赴汤蹈火"。

内容、空间、时间等多方位的升级迭代,簇拥着舞台演艺发生传统观演关系的不断突破,互动、体验成为新时代演出市场破局的关键之策,也是打动消费者的金字招牌。演出空间突破常规镜框式舞台,呈现多元样式发展。位于北京77文创园中的全景沉浸式戏剧《大侦探赵赶鹅》以老旧KTV歌曲演唱、人物对话等方式主动拉近与观演受众的距离;而上海麦金侬酒店推出的《不眠之夜》则采取一对一或一对多的观众自由探索模式来颠覆传统受众静坐式观演的体验,这些突破"演员演、观众看"的常规剧场观演关系的方式,满足了现代受众的强烈好奇心与自我表达意识,也为演出市场的繁荣提供了重要助力。

各个维度的边界突破,让演艺行业发生了前所未有的深刻变化:

"这是最好的时代":不拘一格的创意内容,赢得了前所未有的市场空间;

"这是最'糟'的时代":创新似乎已经成了人人可行但又人人未必能行的"红海"。

二、"没规矩"反而容易踩中成功的"规律"

在这个创意为王的时代,离经叛道的做法才更容易让舞台演艺出奇制胜。

其一,市场有滤网。传统各艺术门类的内容经过时间和市场的过滤,其受众群体和具有市场销售潜力的内容,已经泾渭分明。时光终于从"野蛮生长"的时代,沉淀到了"脚踏实地"的时代,市场将对脚踏实地的艺术家、团队、项目给予回报。

其二,创意定生死。相对成功的项目,往往是从传统视角看更加"没规矩"的项目,因为他们找到了差异化的定位,并给予了项目没什么经验可循的策划创意。

其三,数字刷营销。以科技为依托的数字技术不仅介入了内容本身,而且是支撑演艺项目营销及运营的关键手段。演艺营销模式早已背离传统的粗放模式。用"内容"营销"内容",用数据分析客户,让细分定位更精准,让效益转化更有效。

真正的创意时代已然到来,舞台演艺大有可为,希望各界同仁在创意的时空之海中畅意遨游,未来的舞台演艺大象无形、出奇制胜。

李　驰　北京杂技家协会主席,中国杂技团有限公司总经理。

音乐剧驻场演出的现状思考

黄　凯

2019 年以来,由于多种因素的共同影响,中国音乐剧产业获得了迅猛发展。直至 11 月下旬,2023 年度的中国演出市场上,180 余部不同题材和风格的音乐剧共演出了近 9 000 场,无论是剧目数量还是演出场次都创下了新高。

一、从驻演模式的开启看未来演出的趋势

音乐剧演出受到越来越多观众喜爱,成为当前最受欢迎的演剧形式之一。纵观今年的中国音乐剧市场,我们发现了一个现象:音乐剧的驻演场次已超过巡演,形成新的演出业态。在 2023 年演出场次前二十名的音乐剧中,除了中文版《剧院魅影》是巡演音乐剧外,其他都是驻场音乐剧。其中演出场次最多的《阿波罗尼亚》,在上海、长沙、成都、广州等多个城市同时驻场,截至 11 月的演出便已突破 700 场,全年

有望达到 800 场。而在十余年前，除了个别高成本大制作的音乐剧在上海、北京等大城市实现过短期驻演外，中国演出市场上的音乐剧主要还是以巡演的形式存在。我导演的《王二的长征》等音乐剧，一年间在保利院线实现了近百场巡演，便是当时主要音乐剧演出模式的代表。

纵览西方现代音乐剧史，无论是《猫》《悲惨世界》等传世经典，还是《汉密尔顿》等艺坛新贵，其主要传播形式首先是驻场演出。也正因如此，百老汇和伦敦西区等音乐剧演出聚集地才成为举世瞩目的演艺中心。驻场演出不仅可使剧组免受辗转各城市、反复拆装台之苦，节省演出成本，也有利于在固定剧场内精心安装与设计舞台置景与视听设备，可以悉心打磨细节，提高演出质量。因此，从当前驻演模式的开启可以看到未来中国音乐剧的发展趋势：音乐剧将成为演艺市场最具活力和影响力的演出形式之一，不仅将引领都市演艺的"新时尚"，还将成为城市文化的"新名片"。

二、从舞台空间的拓展看观演方式的革新

驻演模式对演出质量要求高，值得投资方花大力气对舞台进行精心打造，甚至通过对演出场地的重新改造创造出"环境戏剧"的空间。《阿波罗尼亚》被改编成"小酒馆版"前，是一部名为《我的家族》的韩国音乐剧，在首尔大学路的传统镜框式剧场里长演。"一台好戏"将其引进中国后决定放在上海亚洲大厦的写字楼里驻演，开放式的场地有了重置演出空间的可能性，主创团队便决定将剧场打造成二十世纪二三十年代的美式小酒吧，打破舞台与观众席的界限，使观众参与其中，成为演出的一部分，创造出沉浸式的观演体验。正是这样创新性的改

编,从2020年8月28日首演开始,该剧在两个月内就实现盈利,并热演至今。直至今日,《阿波罗尼亚》仅上海一地便演了800多场,全国共演出近1 900场,成为中国音乐剧市场上的现象级爆款。

当下这一类驻场音乐剧越来越多,《灯塔》2023年已演了500多场,《致命旋律》演了300多场,《小说》《翻国王棋》《嘿!亚利桑那》《桑塔露琪亚》《月亮与六便士》《辛吉路的画材店》等今年也都演了200场以上。部分音乐剧还与旅游业紧密结合,成为当地的演出热点,如成都的《熊猫》、西安的《丝路之声》等。总体看来,驻场音乐剧演出革新了传统的观演方式,促进了沉浸式、半沉浸式的演艺新空间的诞生,增强了观众的互动感和参与感,获得了年轻观众的喜爱和欢迎,成为都市文化和城市娱乐的新热点。

三、从演艺产业的发展看城市文化的塑造

2023年,截至11月下旬完成的近9 000场中国音乐剧演出中,仅上海一城便占到5 000场以上,音乐剧在这里的受欢迎程度,可见一斑。如今,到文化广场或亚洲大厦去看一部音乐剧,已成为上海文艺青年工作之余的新风尚,也成为外地旅客到上海游玩的重要娱乐选项。除了"一台好戏","缪时客""染空间"等音乐剧厂牌也陆续推出自己的代表作,它们的作品不仅在上海大受欢迎,其影响力也逐渐从上海辐射至全国。在亚洲大厦、大世界、第一百货等地,每晚都有五六十部驻场的小剧场音乐剧在上演,这成了上海城市文化的重要部分,也凸显出海派文化"中西结合、开放包容"的特征。可以说,上海的文化土壤催生了音乐剧的繁荣,音乐剧的演出生态也塑造了其城市文化的新面貌。

近年来,北京正积极推进全国文化中心建设,着力打造"大戏看北京"文化名片,加快建设"演艺之都"。总体看来,北京的舞台演出呈现出欣欣向荣的态势,但就音乐剧来说,具有市场号召力的作品还不够多,市场占有率也还有待提升。2023年中国音乐剧演出最多的是上海,第二是北京,但北京的演出场次只有上海的五分之一。随之而来,是大量北京舞蹈学院、中央戏剧学院等在京高等艺术院校培养的音乐剧演员,毕业后远赴上海成了"沪漂"。北京有全国最优质的歌舞类国家院团,也有充足的创制作人才,更有最早开办音乐剧高等教育的院校,因此要推进音乐剧产业的发展,北京潜力巨大。但音乐剧产业是系统工程,无论从内容到形式,从创作到制作,从研发到运营,都需要统筹规划,全面管理。只有充分尊重北京观众,尤其是青年观众的审美需求,尊重文化市场的运行和发展规律,尊重音乐剧的整合理念与娱乐精神,建立起健康的运营生态,北京的音乐剧产业才能在市场中蓬勃发展起来。

我们不仅需要充分利用地域优势与人才优势,推出更多兼具艺术性与市场性的音乐剧作品,也需要不断拓展演艺新空间,打造出更多高质量的驻场音乐剧作品,让观众能够充分体验到现场演出的魅力所在。希望北京未来的音乐剧演出,能彰显时代风貌,充分和旅游相结合,创作出更多代表京味文化、京派文化的精品力作。

黄　凯　北京舞蹈学院音乐剧系主任、教授。

网络文艺如何走出始盛终衰者的怪圈

胡疆锋

近年来,以网络文学、网剧、网大、网络游戏等为代表的中国网络文艺呈现繁荣发展态势,出海势头迅猛,在传播中国文化、阐发中国精神、展现中国风貌方面发挥着重要作用。在看到网络文艺的喜人成绩时,我们也应该看到当下网络文艺的套路化、模式化越来越严重,难出新意。王国维曾经在《人间词话》讨论过四言、楚辞、五言、七言、律诗、绝句、词等文体的盛衰史,他说:"盖文体通行既久,染指遂多,自成习套。豪杰之士,亦难于其中自出新意,故遁而作他体,以自解脱。一切文体所以始盛终衰者,皆由于此。"对于网络文艺而言,也存在着寻找新元素、探索新类型的问题,需要"遁而作他体,以自解脱",摆脱始盛终衰的怪圈。就这一点而言,近年来的一些网络文艺精品如网络小说《我要上学》《长乐里:盛世如我愿》和微短剧《逃出大英博物馆》等提供了积极的借鉴意义。

以《我要上学》(出版前书名为《砸锅卖铁去上学》)为例,这部由95后作家红刺北创作的网络小说,于2022年荣获第三届泛华文网络文学金键盘奖之悬疑科幻类优秀作品奖,曾入选中国作协主办的2021年度中国网络文学影响力网络小说榜。《我要上学》讲述了一个传奇故事：高级工程师卫三穿越到无名星上的一个濒死的孤女身上，以捡垃圾为生，依靠强大的生命力和坚强的意志，最终历尽千辛万苦，成长为星际最强大的机甲单兵兼机甲师。小说给我留下了三个深刻印象：文类融合，网感充沛，亦庄亦谐。

其一，文类融合。《我要上学》被人们看成是悬疑科幻文、星际文或机甲文，但除了这几个标签之外，我们还可以从中看到其他类型小说的影子：穿越文、武侠文、种田文、游戏文等。其中游戏文的痕迹随处可见：打怪升级、扮猪吃虎、逆袭成才、弯道超车等要素贯穿始终，参赛选手、规则、裁判、观众、奖品等要素也应有尽有。有意思的是，这部小说发表于晋江文学网时，被贴上了"原创—言情—幻想未来—爱情"和女性向的标签，但直到小说后半段我才意识到这是一篇言情小说：女主角卫三的性别特征非常模糊，一副混不吝的假小子形象，比男性还要狂野，经常和男同学勾肩搭背，甚至允许男生借住在自己的宿舍，相比之下男主人公应星决就显得阴盛阳衰了，长得"倾国倾城"，虽然感知能力超群，但比弱女子还要敏感脆弱，动不动就昏倒，总是被女主人公拯救。这个故事无疑突破了言情文、机甲文等文类的限制，提供了新的小说类型的可能。

其二，网感充沛。互联网文化的核心是参与和互动，《我要上学》到处都弥漫着互联网精神，女主所使用的"暗中讨饭""向生活低头"等多个ID名、星网网友的弹幕发言、随时可见的梗、多种声音构成的复调都体现出互联网文化的匿名性、狂欢化和在场性，是网感的集中体现，氛围感被拉满，也极大增强了读者的代入感。小说中的所有人物既是演员，也是观众，在镜头的注视下始终在对话，都在舞台上表演，共同构成了狂欢广场上的众声喧哗。另外，这部小说也展现了网文特有的汪洋恣肆的想象力，作者设置了各种奇异瑰丽的赛场风景和星兽百态，在帝都星的山丘、沙都星的沙漠、谷雨星的酸雨、凡寒星的极寒、西塔星的海洋、南帕星的雨林、白矮星的玄风、威拉德的虚拟世界等空间发生的奇幻故事，都超越了一般的游戏文或言情文的故事主线,既令人恐惧,又让人向往。

其三,亦庄亦谐。小说前半部分描写了快乐的、无厘头的、轻松而热血的军校生活,让人忍俊不禁,不过,在小说轻松、搞笑的叙事中也不乏深刻的内涵,有着强烈的现实指向。《我要上学》的世界设定和猫腻的《间客》、会说话的肘子的《第一序列》多有类似之处,都没有回避激烈的阶级冲突和社会矛盾。《我要上学》刻画了来自不同星球的军校生们在地位和资源上的巨大差异,描绘出悬殊的社会阶层:卫三在故事中是拾荒者,他们和贵族子弟几乎完全是两个不同的物种,卫三甚至缴不起一学期5 000元星币的学费,但这个数字只不过是出身世家的同学的一顿饭钱,这一细节也暴露出星际间存在着的财富、资源上严重的分配不均、贫富差距和严酷的社会现实。小说中最核心的情节——卫三等拾荒者被血雾感染,或被吸干身体悲惨死去,或被视为异端面临处死——其根源也在于贫穷,在无名星上穷人是没有生存权、发展权的。可贵的是,极度贫穷和严酷现实并没有压垮卫三,也没有让小说充满压抑和颓废、灰暗,读者感受到的是卫三等人的坚韧、自强,军校生的团结、协作、奉献,独立军的忍辱负重、牺牲,这些都为小说增添了暖意和人性的光辉。

类似的,骁骑校的网络小说《长乐里:盛世如我愿》巧妙融合了穿越、谍战、悬疑、推理、言情、英雄传奇等各种类型,博主"煎饼果仔"和"夏天妹妹"创作的微短剧《逃出大英博物馆》运用"文物拟人化"的创意,借助小玉壶的出逃故事,表达出国人期盼文物归国的心愿,提升了微短剧的立意与格局。它们都体现出当下中国网络文艺求新求变的趋势,为网络文艺走出"始盛终衰"的怪圈提供了有益的借鉴。

胡疆锋 首都师范大学文学院教授,北京市文联签约评论家,中国文联特约研究员。

作为方法的类型：网络文艺类型研究的价值

桂　琳

以网络文学为引擎的中国网络文艺目前正处于高速发展时期，不仅各种新现象不断涌现，而且网络文艺的本体与历史研究也逐渐进入深化期，这就对网络文艺的研究方法提出了更高的要求。本文打算以作为方法的类型为讨论核心，对网络文艺研究方法本身展开一定的思考，希望给目前蒸蒸日上的网络文艺研究带来一些启示。

一、网络文艺的类型问题研究现状

网络文学研究界对中国网络文学的兴起缘由与独特性已经有了很清晰的判断，那就是相对类型小说在欧美和日韩等国家纸质印刷时代就十分发达，中国的类型文学则有一个时间上的落后，它是在网络时代之后才大量兴起。加上网文生产机制的商业助力，由此开启了中国网络类型小说的大量涌现。经过二十多年的蓬勃发展，网络小说已经成为中国网络文艺的发展引擎,通过跨媒介和跨类型的操作带来了中国网络文艺的繁荣局面。

从中国网络文艺的这个独特发展路径可以看出,要想把握住中国网络文艺的特性,既涉及媒介的问题,也涉及类型文艺的问题。由此,中国网络文艺研究有两个关键的研究路径:一是媒介研究路径,二是类型文艺研究路径。

目前媒介路径的相关研究已经达到比较高的水平,从媒介视角对网络文艺本体问题的探究越来越清晰,如邵燕君老师提出的"数码人工环境",黎扬全老师提出的"网络虚拟生存体验"等重要概念,还有很多学者所做的游戏对网络文艺的影响研究等。相较而言,类型文艺研究路径的研究则推进缓慢。

第一个常见的类型观念认为类型是个不言自明的文艺概念,根本不需要研究,直接拿来使用就可以。目前网络文艺中的类型命名和分类五花八门,一部作品的类型命名和分类可能有好几种。很少有学者去追问一下这些类型命名和分类的根据是什么。这些小问题其实就在告诉我们,类型并不是自明的概念,反而可能是很复杂的概念。以电影类型为例,黑色电影这个命名就体现了十分复杂的话语建构和话语斗争的过程。黑色电影本来是个起源于法国的学者命名,但后来又回流到美国,因其文化能量被商业命名拿去使用,并成为一种高级电影的代名词,最终通过全球流动成为一种具有世界影响力的全球类型。

第二个常见的类型观念则是将类型文艺看作质量相对较差的文艺作品。很多研究者不仅在追踪网络文学起源时极力避免将网络文学被网络类型文学框定的愿望,而且更是认为中国网络文艺要向高质量发展就必须摆脱类型。我最近看到一篇发在《文艺研究》上的论文就提出 2018 年之后网络文学已经进入"后类型化"的观点,正是第二种类型观念的生动体现。

网络文艺研究者们之所以谈类型色变，应该与类型在文艺理论研究中的一贯尴尬处境有关。在精英／通俗、高级／低级二元对立的文艺研究体系中，类型文艺属于通俗和低级的文艺作品，它的特征也总是与程式、刻板、雷同等相提并论，被认为没有太高的艺术价值。这种观念极大地抑制了对类型文艺展开严肃的学术研究，从而使得类型概念在文艺理论中成为不受重视的次要概念。

但在二十世纪新兴的艺术形式——影视中，类型成为一个重要的概念。影视研究本来从文学中借鉴了"作者"的概念，形成作者论研究。后来发现有问题，电影这种集体创作的艺术作品，又与商业密切相关，作者论并不能将电影的真正内涵挖掘出来，所以开始重视类型概念，并将其上升到理论层次，才有了影视类型理论研究的长足发展。借鉴影视类型理论相关研究的成果，我在这里想提出将类型作为一种方法，并上升到理论层次，继而引入网络文艺研究的思路。

二、类型理论对网络文艺研究的价值

首先，类型研究可以参与到中国网络文艺本体问题的讨论中。目前网络小说本体问题探讨形成两个方向：一个方向更强调网络小说的通俗性特征，认为其只是网络时代的通俗文学；另一个方向则强调网络小说的媒介性特征，认为网络小说是新媒介文学。我认为这两个方向都有道理，也各有偏颇。类型其实恰好是一个可以将这两个方向结合起来的有用概念。因为类型本身是一个具有多向度特征的概念，能够将网络文艺的商业属性、艺术属性、文化属性等诸多特征通过类型综合揭示出来。

　　从类型的文化属性来说,类型的诞生往往是处理一个时期重要的社会矛盾和焦虑,不同时期流行不同的类型也与社会文化矛盾的转移和变化息息相关。中国网络类型文艺也有相似的生命周期。我们可以追问以下问题:中国网络文艺的代表性类型有哪些?用何种标准来判断代表性问题?代表性类型的类型惯例有哪些?其背后蕴含着怎样的文化矛盾与社会焦虑?如何为这些代表性类型命名?谁更有命名话语权?研究这些问题其实就在参与中国网络文艺的本体问题讨论。中国网络文艺中从奇幻到玄幻,从仙侠到修仙、修真等类型的变化就十分有意思,这样从类型路径可以展开的网络文艺本体问题研究还有很多。

　　其次,类型研究能够将中国网络文艺的流动性问题清晰有力地揭示出来。与一般对类型的固定、教条等刻板印象相对,类型实际上不仅有相对的稳定性,更有永恒的流动性。这种流动性不仅有时间流动、空间流动,现在还应该加上媒介流动,通过亚类型,跨类型和反类型等能够形成非常灵动复杂的类型流动史。而且因为类型不是网络文艺出现之后才有的概念,它连接着当下的网络文艺与此前的网络文艺,以类型为聚焦可以将中国网络文艺的前世今生和未来走向有力地揭示出来。

　　以中国网络文艺创作资源来看,网络文艺作品与纸质文学类型、影视类型、动画类型等其他前网络时代类型文艺有密切的继承关系。有些是中国本土的类型资源,很多则是来自欧美和日韩等其他国家的类型资源借鉴。我自己做过一点网络青春题材小说和电影相关研究,比如从《悟空传》《致我们终将逝去的青春》等就可以观察到周星驰电影《大话西游》和日本动画片《新世纪福音战士》对这个网络文艺类型的惯例形成都十分重要,可以说是电影和动漫双重影响下形成的网络文艺类型。

三、类型研究路径与媒介研究路径的相互配合

更值得注意的是，网络文艺中的类型问题与影视类型和传统文学类型不仅有相同点，更有差别，其中最重要的影响因素就是媒介改变。比如网络文艺类型数量暴增，流动性更大，更复杂。新类型层出不穷，更新换代速度更快，就与网络时代受众变化密切相关。类型创作和研究一般都会考虑受众，类型惯例的形成就是创作者和接受者协商后的成果。但网络时代的受众因为网络媒介而具有了独特性，如受众与创作者，受众之间的交流和沟通都更便捷和高效，受众对类型形成的作用必然变得更大。

同时，"大众"概念需要被"趣缘小众"概念代替，网络时代不同的"趣缘小众"群体数量众多，彼此的文化诉求也并不相同，有时甚至对立，这就造成了类型数量在网络时代变得更多。这些类型又会形成更大量的类型惯例，形成数据库般数量巨大的类型资源。各种梗满天飞，有些还是只有趣缘小众才能意会的内部梗，这些都是纸媒和影视类型研究没有遇到的新类型理论问题。

类型融合和媒介融合更是紧密交织在一起，共同作为网络文艺的创新动力。比如马伯庸创作在借鉴和整合不同文化资源上采取的就是一种跨时空、跨媒介的网络拿来主义思路，电影、漫画、游戏等多种类型文艺资源都为他所用。最近刚刚看完的一部网络剧《繁城之下》也给我留下了深刻印象。与马伯庸相似，《繁城之下》的编剧和导演王铮曾经作为 B 站影视解说的 UP 主，有大量的阅片经验，并且熟悉网络文化，这本身就是网络时代创作者的重要优势。这部剧的类型借鉴资源

包括好莱坞犯罪电影、日本社会派推理小说、黑色电影影像、中国古典诗画、园林建筑风格等。这些都说明网络文艺中的类型研究必须与媒介研究结合起来才更有价值。

综上所述,如果能够改变对类型的刻板印象,将类型作为一种方法引入网络文艺的研究之中,并与媒介路径相互配合,不仅对网络文艺的研究有助力,对于推动网络文艺创作的创新也是有助力的。

桂　琳　中国社会科学院大学文学院教授。

网络视听文艺的元素融合与形态创新

杨　慧

网络视听这一文艺类别，虽然承继了电影与电视等传统影音艺术的经验，但从形式到内容都与互联网的各类应用及其内核高度杂糅，因此形成了元素融合与形态创新的景象。

融合现象从网络视听这一称谓便可见端倪。网络视听这一名称即是一种"融合"造词，即网络与视听这对名词的融合。从"视听+"的视听融合网络的角度来说，是视听这种形式帮助网络内容实现强具象和强聚焦，以影音作品的方式呈现网络文学、网络段子、网络游戏等。从"互联网+"的网络融合视听的角度来说，互联网成为广播影视的新场景和新空间，这并不只是意味着互联网成为一个可以播放和观看视听节目的平台，还包括互联网改变了传统影视的使用空间。就像电影曾经的观看空间是漆黑的电影院，电视曾经的观看空间是家庭的客厅，现在的互联网改变了这些使用场景，使用媒介的场景本身也诞生意义，也就催生了影视的变迁。

元素融合，既是网络视听文艺诞生的语境，也是其结果。网络文化本身就包含了多种文化的共时性表达，催生出了融合又分化的网络多元化和多样性。微博、豆瓣、哔哩哔哩、抖音、小红书等社交平台成为重要的网络文化交流与形成的场景,这些平台不仅以文化进行社交,并且每一个都还形成了各自独特的文化气质。而这些泛文化内容与狭义上的网络文艺共同构成了网络视听文艺的养分,并推动了网络视听文艺的变革,网络视听文艺因此成了以影像承载各类内容元素融合的结果。

一般提到网络视听文艺对网络内容的承载和具象化,容易想到的是类似《星汉灿烂·月升沧海》这样的网络小说改编剧,即常称为"IP剧"的路径。除了网络小说、网络游戏等 IP 改编,近年来,网络视听文艺显示出了更强的吸纳能力和互动能力,能够将更广义的网络文化都变为视听作品。在此以近两年的一部剧和一部综艺为例进行说明。举例的剧集叫作《古相思曲》,是 2023 年哔哩哔哩网站推出的自制网剧,这部剧集的特殊之处在于创意来自哔哩哔哩一位 UP 主的同名混剪视频,原视频是哔哩哔哩常见的"拉郎型"二次创作,将朱一龙和刘亦菲两位演员的作品剪辑成了一个现代人穿越回汉朝邂逅卫子夫的故事。原混剪视频在哔哩哔哩网站上获得了大量播放和弹幕后被哔哩哔哩网站买下版权,由此创作了网络剧《古相思曲》,引发热播热议。而另一个综艺的例子则是去年的网综《快乐再出发》,这一档在豆瓣上创下了9.6 高分的国产综艺起源于网友的互动与反馈。2007 年快乐男声全国十三强的其中六人陈楚生、苏醒、王栎鑫、张远、王铮亮、陆虎偶然之间参加了芒果 TV《向往的生活》的衍生综艺《欢迎来到蘑菇屋》,无心插柳的短短三期内容令网友大呼惊喜,于是大量网友在微博等社交平台上积极与节目组互动并且呼吁为陈楚生六人(称为 0713 或再就业男团)拍摄独立综艺,并提供了各种灵感思路。由于网络舆论热度居高不下,最终相关节目组趁热打铁,推出了综艺《快乐再出发》叫好又叫座。从上述剧综两例,不管是《古相思曲》还是《快乐再出发》,它们都来自互联网络内容,然后转化为网络视听节目,但是它们所融合和所承载的已经远不止狭义的网络文艺,而是包含了更广义的网络文化。

　　而融合同时也代表碰撞与进化,网络视听文艺一直寻觅与扩大自身的本体论范围,例如网络剧的概念曾一度游移:纯网络平台播出的剧集就是网络剧吗?但是《最好的我们》《长安十二时辰》等剧集实现了先网后台,也有电视剧如《如懿传》在与多家电视台交涉后最终选择了纯网播。那以生产流程来论,走网络视听生产流程的就是网络剧吗?但如《白夜追凶》走了完整的电视剧立项流程,拿到了电视剧发行许可证,但该剧一般性地仍被认为是网络剧。本体论尚未彻底定论,又出现了新的网络剧形态拓展了网络剧的外延,比如众多网络独有视听形态如微短剧、互动剧、桌面剧等。微短剧、互动剧、桌面剧都是专属网络的剧集,来自影视与互联网应用的融合创新,这三种新型剧集分别是影视与短视频、影视与游戏、影视与电脑操作系统等结合的新形态,其中目前发展最红火的当属微短剧。微短剧可分为横屏和竖屏两类,横屏微短剧多流行于腾讯视频等传统长视频网站,可谓是网络剧的缩短版;竖屏微短剧多出现于抖音、快手等短视频社交平台,可谓是短视频的剧情版。近年来的短视频之热,则是以竖屏微短剧的流行为开端。以微短剧、互动剧、桌面剧为典型兴起的网络剧的新类型,不仅拓展了网络文化与网络视听的结合模式,还在形态创新上继续前行。比如 2023 年,一些互动剧公司开始将互动剧的经验运用到游戏上,数款真人互动游戏问世甚至有爆款诞生,而在这其中,网络剧和网络游戏的界限越发模糊。而这正是这些形态创新的网络剧的一大意义:这些新形态剧集打破了不同文艺类别的壁垒,孕育出了一批媒介融合时代的网络视听文艺作品,并且保持着形式与内容双管齐下的进化。

　　杨　慧　首都师范大学文学院副教授。

网络文艺的新引擎：从数据激发创作力

黄司祺

我国《"十四五"艺术创作规划》以及五部门联合印发的《关于加强新时代文艺评论工作的指导意见》中，针对"大数据的文艺评价方式"以及"文化艺术类新媒体评论平台"均做出重要指示。大数据通过搜集和整理大量新媒体平台用户行为数据、评论数据及其他相关信息，利用科学的算法和模型进行分析，从多个维度参与到了网络文艺作品全生命周期中。

一、大数据打破了文艺市场反馈慢热、缺乏热点抓手的壁垒

如果一部作品有生命周期，我们可以简单地将其划分为"创作—传播—反馈"这样一个闭环。在以往传统的线下演出和纸媒评论的时代，该生命周期中每一个阶段都比较漫长，创作者很难及时、实时

地掌握广大观众的真实评论与评价。而在当下5G时代，以及疫情催生的新兴互联网业态背景下，这个生命周期的齿轮已经快速转动起来。

1. 创作层面，大数据激发了网络文艺的创作力

今年有一部网络短剧叫《逃出大英博物馆》，截至11月，在抖音平台收获了4.1亿次播放量，家国情怀和文博IP引发了大量观众的共鸣。该视频的创作灵感源于网友对一段参观大英博物里中国文物视频的评论，评论建议拍一部名为《逃出大英博物馆》的动画片，并天马行空地设计了情节。这条评论因收获极高的点赞量而被置顶，以此进入了平台内容创作者的视野并启发了创作灵感，最终以网络短剧的形式上线了这部作品，并被众多主流媒体报道。通俗来说，这是一部"由网友攒出来的剧"。算法与大数据助推了创意评论从幕后走向幕前，家国情怀与民族情感使优质UGC（用户原创内容）与公众产生了同频共振。

2. 传播层面，传统艺术融入新兴业态，带动了垂类数据的增长

传统艺术如何适应媒介技术发展、科技如何赋能传统艺术、传统艺术缺乏网络评论阵地等话题，一直备受关注。自去年起，抖音联合中央民族乐团、梅兰芳大剧院、中国煤矿文工团等文艺院团，推出DOU有国乐、DOU有好戏、DOU有传承计划。通过直播的方式，扶持优秀文艺院团和艺术家，并举办相关的线上赛事直播。据抖音官方数据，过去一年，抖音民乐直播超过414万场次；累积观看人数128亿；民乐直播打赏收入同比增幅超68%；10万名民乐主播获得过打赏收入。[1]

---

[1]　参见新华网：http://www.xinhuanet.com/tech/20230925/e61fbae9e59544dba0c0d1b7df7fc4b6/c.html。

笔者曾对我国少数民族乐器进行过田野调查,我国农村"空心化"的现状、工业革命对传统手工艺的冲击等现实问题,使当地少数民族乐器制作与表演技艺的非遗传承面临窘境。据笔者观察,近年来以从事广西瑶族芦笙制作技艺为代表的传承人也相继加入直播行列。此外,据抖音相关报告,京族独弦琴、壮族天琴、朝鲜族伽倻琴、蒙古族潮尔等小众非遗乐器收获了千万新观众。

因此,积极适应互联网新兴业态,借助新媒体平台,以大数据为推手,或是拓展传统艺术发展空间的有效手段。

3. 反馈层面,大数据的文艺评论／评价已成为大众消费和行业评估的新标杆

大众点评、大麦的评分和用户评论,已成为大众对文旅演艺、舞台艺术等项目的消费指南;小红书这种"种草文化"App 也是链接品牌和消费的纽带;豆瓣、猫眼的评分、排行则成为影视行业评估的权威参考;票房数据以及微博的热搜、热评也成了电影宣发、路演的重要依据。《封神》电影主创团队根据票房,每增加 1 亿,就更新一张第二部的剧透图;团队参加头部 KOL 直播间与网友互动;在网友的呼声下,推出了网综《封神训练营》等举措,均证明了大数据有效增强了文艺评论的对话性,拉近了创作者与观众的距离,缩短了反馈时长。甚至催生了新的衍生作品的诞生,故而又回到了作品生命周期的第一个阶段——创作阶段,形成闭环。

因此,大数据作为新的引擎参与了网络文艺的整个生命周期。俗话说,每个硬币都有两面。数据作为客观的信息载体,我们需要它,但不能完全依赖它,应该辩证地去看待数据导向的结果。

二、须警惕唯数据论带来的"知识浅滩"

早在 2017 年，《人民日报》刊登了一篇题为《媒体评论须警惕两大误区》的文章，这两大误区分别是：唯数据论和唯市场论。[①] 该观点放在网络文艺的场域下也依然成立。

前阵子，刀郎歌曲《罗刹海市》爆火出圈，笔者基于网易云音乐该歌曲的近五万条评论与用户画像进行了大数据分析，发现 70% 的评论者为 90 后、95 后、00 后，即主要受众是青年群体。但在评论中，单条回复量最高的一条是"奉老爸之命听歌"，其回复多为"一样""我也是""加一"等表示赞同的话语。因此说明 90 后至 00 后的父辈（基本为 60 后至 70 后），虽不是该平台用户，但也是这首歌的真实受众。所以，如果仅依赖大数据分析的用户画像，而忽略了平台的用户锚定，略过人工去筛查数据这一步骤，那将很难发现这些会引起结论质变的"奇点"。

因此，在使用并深度依赖数据的同时，也需要时刻警醒：唯数据论是不可取的。在当今人工智能时代，即使各类大模型训练数据和参数达到数千亿级别的规模，而专家系统和人工标注在训练过程中仍然扮演着不可或缺的角色，尽管需要耗费大量的人力和时间，但它们的重要性已反复被验证，否则推理结果则可能出现"AI 幻觉""反转诅咒"等明显违背人类常识和伦理的缺陷。

黄司祺　中国艺术科技研究所助理研究员。

---

① 参见人民网：http://media.people.com.cn/n1/2017/0803/c192362-29448229.html。

新时代的摄影之"用"

——AI 时代摄影语言的应用前景展望

唐东平

2023 年可称为 AIGC（AI-Generated Content，人工智能生成内容）的元年，开年便是 ChatGPT 的横空出世，紧接着便是各种人工智能图像生成工具的问世。3 月 22 日 AI 的图像生成器 Midjourney 生成了一则特朗普被捕的"图片新闻"，其逼真性与影响力成就了 Midjourney 最为响亮的全球性广告宣传。

2023 年 4 月，德国摄影师鲍里斯·埃尔达格森（Boris Eldagsen）在索尼世界摄影奖颁奖晚会上拒绝领奖，宣布自己的获奖作品《电工》并非使用照相机拍摄制作而成，而是采用 AI 技术生成，尽管此前这幅肖像作品已经在伦敦萨默赛特宫进行了展览，但没有人发现这个秘密。

图 1　笔者对 AI 发出自我描述指令所生成的"自拍像"

一、摄影所遭遇过的时代之变

为了理清思路，我们必须在逻辑上弄清楚摄影所遭遇过的时代之变。作为西方天主教的圣物，都灵耶稣裹尸布上形成的类似于摄影的头像，可以被当作摄影之前的摄影，归属于摄影的前史。1988 年研究人员对都灵裹尸布进行碳 14 测试，发现裹尸布的时期处于 1260 年至 1390 年之间。这个事实也给后来的摄影带上了一种神圣的光环，作为文化无意识中的一个念想源头，并逐渐地演变为瓦尔特·本雅明在他的《摄影小史》中所指出的"灵韵"。1839 年至 2000 年间，摄影走过了漫长的银盐时代，因为照相的英文为"Take a picture"，所以这个时代也简称"Take 时代"。2001 年至 2022 年间，摄影飞速地进入日新月异的数字时代,数字摄影的优势更多的是体现在其强大的后期制作能力,所以照相则演变成了"造相",即"Make a picture",简称"Make 时代"。摄影的第一个时代走了一百六十年,而第二个时代才走了二十年,就一下子进入了 2023 年开启的更具迷幻特征的 AI 时代(AIGC)——由描述性文字文本信息生成的图像——"Prompt a picture",摄影是不是该进入"Prompt"时代了呢?

图 2 《中国情侣》,Midjourney 生成图像。用户的描述词语中包含了
身份、年代、环境、风格等信息。

早在二十世纪六十年代,当代艺术家们就发现了传统摄影可以作为最为方便实用的语言工具,来进行当代艺术在观念层面反思变革的全新表达,从而使原先由传统摄影家所主宰的传统摄影创作,转向了由当代艺术家所引导与诱发的当代艺术的实验性与探索性尝试,越来越多的新时代具有新思想的知识分子加入这一行列。自此,摄影创作进入了一个全新的具有更高维度的认知层面,摄影发展到当代,便进入了有摄影历史以来的最为全盛的时期。数字技术,大大地降低了摄影技术的门槛及

其影像获取的成本,而 AI 技术的出现,则令摄影的表达如虎添翼。从影像的获取角度来看,摄影甚至不再依赖于现场拍摄,而从影像呈现的方式来看,介质与媒体材料,以及呈现的空间,都将发生根本性的变化。

AI 数字化与智能化的影像生成技术,彻底摆脱了摄影建立在实物基础上的技术依赖,直接在屏幕上生成了在沟通交流上无阻隔的摄影画面语言,来诉诸我们的直觉感官,这种最为直接而形象的表达方式,没有经过任何的磨合与适应,就完整地被我们人类的意识与潜意识层面所接纳了。事实上,每当我们进行回忆的时候,那许许多多历历在目的往事,往往都会不由地以最为形象而直观的方式——影像或类似影像的方式,自然而然地浮现在我们的脑海里,可以说,照片早就成了我们珍藏记忆的容器,而记忆的影像化呈现,则是对摄影作为一种文化无意识存在的表明,抑或是人类在精神层面对于摄影语言表达的顺应与同化。所以,人们对于 AI 影像以摄影画面语言的方式出现,并没有感觉到任何的隔阂与不适应。

AI 不是摄影,那它是什么? 秘鲁摄影师克里斯蒂安·文斯(Christian Vinces)在脸书上推荐了一个全新的术语"promptography"。Photography 是用光线(photo)创作,而 promptography 是用提示词(prompt)创作。

二、AI 时代的摄影变革

摄影所有的学问,无非两大部分:影像的获取与影像的呈现。科技的进步与发展,已经让这两大部分都发生了根本性的变化。影像的获取不再完全依赖照相机,而影像的呈现也不再依托纸质的照片、其装裱后的带精美相框的墙上展示,以及由纸质照片所集结而成的画册或家庭相册,还有专业摄影人所热衷营造的各种展馆内的实体性的摄影艺术作品展览。眼下,影像的获取变得更加多元,影像的呈现也更加丰富多彩,而不管怎么说,AI的出现让摄影发生了真正革命性的变化,最为根本的,它让摄影语言的表达获得了真正的自由。

当然,AI形态的这种应用性极强的摄影语言样式,除了对摄影本体将产生突破性的影响之外,还必将会广泛地影响到人类未来社会生活的方方面面,并毫无悬念地对各种艺术门类产生深远的影响。

1. AI时代摄影画面语言的发展与应用

随着科学技术的进步与发展,本来自照相技术的摄影画面语言,在AI时代已经部分或完全地脱离传统摄影技术系统的控制范畴,成为一门独立的不再依托照相技术却完美地保留了摄影画面所有特质的视觉话语体系。AI不是摄影,但它完美承袭了摄影所独有的精确而细致的影像写真画面语言的精髓,或者说,在AI的世界里,摄影原先所依附的肉体即将被抛弃,其作为语言的灵魂,则将永存于世,并无处不在。而摄影本身也终将因为AI的加入,而真正地进入了自己的"后时代"!

(1)呈现跨越历史的存在

错过了摄影存在的历史,无论是在摄影技术产生之后的历史,还是在摄影还没有产生之前的更为久远的历史,以影像生成的方式,都可以使用摄影语言的表达方式,得到如实的呈现。摄影语言的这种基于人工智能技术的拓展性应用,可以让人类文明历史的细节与肌理变得更加细腻真实,从而大大地满足人们对人类历史的想象,在以形象所能呈现的世界里,做任意的时空穿越。

AI所生成的较为优秀的人物图像,可以让我们清晰地看到古人的风采,至少在戏剧影视创作中,可以被当作我们挑选演员与人物造型的一种新的参考。

图 3　AI 生成的米开朗琪罗活灵活现

图 4　AI 根据前人绘画作品生成的陶渊明

（2）档案文本的完美修复——补足残破老照片里所缺损的细节

运用 AI 技术可以充分地激活老照片里所蕴含的生动细节，可以令当时因技术不足（如感光波段不全、镜头与感光材料的分辨率不足）或保存不善所导致的缺损细节补足齐全。

图 5　使用 AI 修复技术修复 1927 年第五次索尔维会议合影里的爱因斯坦。

图 6　使用 AI 技术修复的左宗棠照片

图 7　从模糊的电视截图中修复出来的邓丽君照片

　　AI 影像技术在历史档案文献类影像修复中将发挥出巨大的积极作用。它能激活往昔时光里的鲜活生命记忆,从而让这些被收藏起来的作为历史档案的影像文献,重新焕发澎湃的生命活力。国家档案、科研勘探、医疗诊断、刑侦破案,以及从此以后的各种文献展,再也少不了 AI 的身影。

　　(3) 回溯童年,再现童真

　　使用 AI 技术,我们老年人可以将自己照片上的老面孔在几分钟里还原出童年时期的模样,同样,年轻人可以根据现在的模样,通过 AI 提前知道自己年老了以后的真实样子。当然,AI 生成的动态影像,还可以在短短几分钟里展示一个人从生到死的全过程,这种高度压迫性的展示,令人唏嘘。

　　由此可见,AI 时代的摄影语言不只是可以作为承载人类历史与精神的存在物,还能够在人类的直觉感知层面通向那个文化无意识的存在之地。

2. 对未来的畅想

（1）AI将会令文本阅读变得妙趣横生

AI作为进化了的人工智能的摄影语言表达，作为一种自由自在的影像书写工具，可发挥的空间大得惊人。试想一下，沈括的《梦溪笔谈》用摄影的语言来书写会怎样？元朝周达观的《真腊风土记》是一部非常精彩的异域地理风情志。真腊，吴哥窟的一个古代小王国，试想如果我们采用了摄影语言来对这部古文典籍进行AI翻译的话，那将会是何等的精彩？宋应星的《天工开物》、李时珍的《本草纲目》和大家喜爱的《徐霞客游记》，要是都用摄影语言来进行形象表达的话，又会是怎样的观赏效果？如果我们在阅读时能够进一步将影像活动起来的话，自动生成为AI影视作品，那又将是何等的精彩？

我们不妨进而更大胆地设想一下，在文学领域，如果中国文学里的《尚书》《诗经》《楚辞》《山海经》《汉乐府》《文选》、唐诗、宋词、元杂剧和明清小说等，外国文学里的《荷马史诗》《圣经》《天方夜谭》、但丁的《神曲》、莎士比亚的所有经典剧作等，以及文艺复兴后一切优秀的文学作品，在原文字文本之外，加入了一种全新的摄影文本，采用了摄影的语言形式来进行辅助呈现的话，那将是怎样一番情形？

（2）AI视频创作前景展望

AI可以将一句描述性的话或一张图片生成一段视频，尽管这一技术目前还处于尝试阶段，还需要假以时日不断完善，但相信在不久的将来，它必将取代大量的与视频制作生产相关的传统产业，如工作量巨大而繁杂的动画产业、商业摄影、影视广告、海报宣传和绝大部分的创意产业，传统影视产业将受到极大的冲击，并必将面临一系列的向AI转型的极速产业升级新课题。

（3）探索自我与发现世界

我们有理由相信，摄影语言既然可以成就一部部具体而形象的影像文献，可以成为一种深入大众日常生活的视觉化的语言工具，可以被当作一种跨越了世纪文化想象的艺术创作手段，那么，在最新数字技术与 AI 人工智能的加持下，有朝一日，它必将更广泛地成为人类深入探索自身精神世界奥秘与学术界跨学科研究的利器。未来的人们在影像的生成性研究方面，不仅可以尽情地挖掘作为文化遗产的海量文献，还可以将历时性研究成果与共时性研究成果有机结合起来，从而获得更大、更多与更为深入的发现。而作为影像创作者，在获得真正的自主性创作的同时，可以将自身的责任使命意识完美地融入其中。

三、反思：摄影之"用"中的挑战

摄影是什么？在摄影技术不断"跃迁"的今天，身处摄影狂欢中的人们似乎更为关心的是，剧变中的摄影，还能够带来什么新的可能，很少有人去在意摄影的本质，AI 时代摄影语言的普遍应用意味着什么，原本作为文献意义存在的纪实类摄影将何去何从，以及摄影是否还有"边界"与"底线"的存在。

1. 技术中的缺陷——AI 生成技术至少目前在肖像应用上还不成熟

以下图例就显示出了一个看上去"真实"，但完全缺失灵动神韵与内在优秀品格的 AI 生成的苏轼人物图像（之所以不称其为肖像，是因为它确实还够不上一致公认的肖像艺术的品质）。AI 生成之像,在形态上显然失去了原绘画之中的清瘦骨感,在神情上没有了原绘画的灵动、爽朗与和善,这与大众心目中的苏东坡形象相去甚远。显然,AI技术还没有进化到可以将消融在人物外貌里的只可意会、难以言传的精神性的指标信息如实而传神地挖掘出来,如眉宇间的大度、嘴角处的豁达和眼神里的笃定,以及脸围线里所隐藏着的艰辛、不屈和不媚。在 AI 学会面相术之前,恐怕这一切难有什么突破。因为这个表面看起来的技术问题,实质上是一个特别复杂的关于人类精神世界存在的问题,这是一个需要在无意识层面作艰难、深入而永久探索的课题。

图8　与绘画作品相比,AI 生成的图像显然缺乏苏轼应有的神韵

2. AI 时代,该如何保护严肃意义上的纪实类摄影

AI 生成的"纪实类影像"将对原先以文献价值追求为道德准则的纪实类摄影造成极大的冲击与破坏,AI 时代究竟该如何有效地保护严

肃意义上的纪实类摄影,这将是对全球摄影界摄影之变历史关头的严峻考验!

图 9　一个穿粉色雨衣的女人

　　旅居在德国的网友威廉·方(William Fang)根据他自己喜欢的一个摄影师风格,使用"pink plastic film""foggy""street pedestrians"等描述词语设定了主体和场景,并标注了九十年代,图片风格选用比较经典的相机及其胶片的型号来设定,在 Midjourney 里花了三十分钟左右的时间,生成了一幅貌似纪实类摄影的即兴街拍图片,画面显示的效果惊人,画面气氛浓郁,质感强烈。如果不说是 AI 生成的,又有谁能发现这里头的秘密呢?

　　不久这幅发布在社交平台上的 AI 生成的图片,就被一家日本摄影杂志选中了。但作者事先标明了该图片由 AI 技术生成,所以很快又被撤了下来。这个典型的案例说明了一个令人担忧的事实:

　　难道说,"眼见为实"的时代似乎就要过去了,未来只属于"无中生有"？那些已经存在并影响了我们历史的纪实类照片，和继续以纪实类照片拍摄作为定义自己生命意义的广大摄影人，又将遭遇到怎样的困境呢？如果没有任何平台规范、行业自律与算法治理等保护措施的出台，对 AI 生成貌似纪实类照片的做法没有任何约束的话，那后果将不堪设想！

3. 需要正视的现实

摄影是工业文明的产物，其底色是大众所普遍追求欢愉享受的消费娱乐文化，快乐追求是其最根本的内在驱动力，我们中的大多数人进入摄影圈的最初精神动力就是为了"玩摄影"。但是，要知道，真正意义上的艺术追求，则是严肃的，甚至是痛苦的。摄影艺术创作最为艰难的困境，就是该如何摆脱大众娱乐文化早已深入我们骨髓的影响，这也是摄影容易产生"同质化"问题的精神性根源。而 AI 的内娱，还将继续加深放大摄影这种集体无意识的狂欢深层底色。

所以，我们还必须保持清醒的头脑。这是当代批评家们新的历史使命，今天我们不仅需要对艺术家创作的艺术作品进行批评，还需要对创作者借用人工智能技术生成的各种艺术产品，进行更为冷静、中正与理性的批判，需要时时提醒自己不要被新技术所迷惑，要时时警惕与反思自己陶醉于新技术应用过程中极易产生的过度自信与自我迷失。

要知道，人工智能所生成的具有摄影语言的图像，在其表达上并不是标准答案，而且这个世界永远不可能存在唯一的标准答案，因为我们知道艺术本来就是没有标准的，而人工智能并不是超越人类的智慧体现，它只是人类知识经验的大集合与在此基础之上的加权算法，而人类的知识与经验总是具有缺陷的。AI 所有的算法都是基于人类的知识与经验，尽管它能够不断进行自我演化与换代升级，但无论怎样它永远无法完全超越突破人类自身的认知局限。如"瓜子脸的审美""这些古

图 10　这幅 AI 古人图像《貂蝉》里不知加了多少现代美容化妆产品与现代人的审美理念！

人的皮肤里不知加了多少现代美容化妆产品"。受资本掌控与欲望驱使的消费主义、享乐主义的现代人的审美迹象，作为一种集体无意识层面的惯性表露，在 AI 所生成的古人图像里则随处可见。

　　所以，我们仍然需要以批评家的眼光来看待这个新生事物。如商业主义审美所带来的媚俗风气，早已进入文化的无意识层面，所有喂给人工智能的语料，多多少少都会带有这种认知上的缺陷与不足，人工智能所呈现的图像自然也会顺应这种讨好人的浮夸风气。相反地，我们批评家越有担当，为世界提供的批判语料愈丰富充分，那么，AI 生成的影像在审美立场上也就显得愈加中正客观，在表达上也就越接近事实本相。

　　我们必须时刻清醒：当我们拥有某种东西的时候，同时也必然地被它所拥有！所以，务必警惕 AI 对我们人类心智的无形控制！

　　古人将"立德""立功""立言"并称为人生事业最高境界的"三不

朽",而 AI 时代的摄影语言之大用,必将为我们新时代鸿篇巨制的书写提供最大的便利,成就我们人生事业的"三不朽"。只有甘心于做具有远大理想追求的摄影文化人,深入、细致、精微而系统地以更为完善的摄影画面语言体系来书写我们的时代、文化与历史,才能在我国的文化建设事业上建功立业,成为新时代最具特色的"影像作家",而不是满足于娱乐养眼的视觉奇观制造,到处晒晒美丽照片的"摄影玩家"。

那么,为什么一直到今天我们仍然还缺少真正意义上的"严肃摄影"呢?

显而易见,我们还需要增加批判意识与反思精神,更需要不断自觉地向文学学习。陈荒煤老先生曾经语重心长地说:"文学是一切艺术的根基。"这一观点竟然与美国以"严肃摄影"著称的沃克·埃文思不谋而合,与将诗歌灵感引入摄影创作的埃里克·索斯也十分契合。当然,除文学之外,摄影还得向其他类型的艺术(绘画、戏剧、音乐、影视等)学习,成就新时代"影像作家"的身份转变,这是我们摆脱摄影娱乐化的唯一出路。

摄影人从地道的"玩家",到自我文化身份建构的完成,才是真正自主性创作的开始!

然而,很显然,到目前为止,我们只是习惯于从已然的摄影之中习得所谓的摄影,还远远没有学会在摄影之外去努力地成就真正属于自己面向未来的摄影!

唐东平　北京文艺评论家协会副主席,北京电影学院摄影学院教授。

当代书法的返本开新之路

邓宝剑

当代书法的新变主要循着三条路径。一是在西学东渐的影响下，借鉴西方现代美术以及日本的现代书法（墨象派、少字数书等），这种路径是借他山之石以攻玉。二是从非经典的民间书迹中汲取灵感，可谓"点铁成金"。很多书迹并不是书法名家写的，也并不是高明的书法作品，但是别有一种朴拙、奇特的趣味，比如某些刑徒砖的砖文、某些敦煌写卷中的稚拙书迹，书家创造性地把它们化入笔下，别开生面。三是深入古典传统，并开出当代书法的新境界，可谓"返本开新"。这三条路径并非截然分明，一个书法家也可尝试多条路径。进行少字数探索的书家以及从民间书迹中汲取灵感的书家，都离不开对经典法帖的研习。凡是在前两条路上走得远的，都有深厚的传统功夫。深入古典传统既可以开出书法艺术的新境界，也为前两种探索奠定了基础。以下我要讨论的便是书法艺术探索的第三种路径——"返本开新"。

其实任何时代的书家都在力求"返本"，比如学习楷、行、草书，就要力求对以二王为代表的魏晋笔法有所体会。而要深入古法，必须得面对古迹。清人冯班说："贫人不能学书，家无古迹也。"（《钝吟书要》)和古人相比,当代书家拥有得天独厚的条件,那就是可以方便地看到很多传世书迹,尤其是墨迹。这些墨迹有历代递藏的,也有一百年来陆续发现的。人们既可以到博物馆看原迹,也受益于高清影印和数字化传播技术,可以随时随地揣摩传世书迹的高清图像。

在这样的条件下,当代书法打开了新格局。从取法的范本看,明代书家重刻帖,清代碑学兴起以后,书家又重碑刻,而当代书家取法的范围囊括墨迹、碑铭和刻帖,尤以取法墨迹为时代特色。从具体的表现看,有一些书家能够从清代民国书法的影响之下跳脱出来,触摸到古人笔法的肌理。近一二十年的草书创作不仅能够接续元明,甚而在相当程度上契入晋唐。称当代为草书复兴的时代,当不为过。

在当代,书史观念与相应的实践思路的变化也是值得注意的。具体表现为:一方面,碑帖分派的观念进一步强化,进而有碑帖结合的创作思路;另一方面,碑帖分类而互通的观念有所深化,进而有碑帖参证的学书思路。这两种书史观念和实践思路皆发源于清代,在当代则有了新气象。

碑帖分派的观念,清代阮元倡导最力。阮元认为,自东晋以来,书法便分为南、北两派,南派擅长写帖,北派擅长写碑,两派判若江河。阮元更为看重北碑,因为在他看来,北碑保留了隶书笔意,而且比辗转钩摹的刻帖更为真实可信。阮元南北、碑帖分派的观点影响极大,有的学书者学碑而弃帖,有的则力图将碑、帖两"派"结合起来。当代有的学者对碑、帖分派的观念做了更为具体的论证,比如碑学用笔强调中段、帖学用笔强调两端,碑学强调空间性、帖学强调时间性,等等。"碑帖结合"成为很多当代学书者的取向,这种思路是先把碑和帖视为两派,再把这两种异质的风格融合在一起。

碑帖分类而互通的观念,是认为碑和帖具有不同功能而又息息相通,而不认为碑和帖是两个书法流派。与此相关的学书思路则是将碑帖相互参证,清代包世臣、沈曾植就常常通过将碑帖相互参证来探究古人的笔法。不过,包世臣眼里的帖只是刻帖,沈曾植看到了一些汉晋墨迹,但毕竟为数尚少。在当代,考察碑帖之间的相通与相异,有了更为丰富的墨迹材料。启功先生评《万岁通天帖》说:"尤其徽、献、僧虔的真书和那'范武骑'真书三字若用刻碑的刀法加工一次,便与北碑无甚分别。因此可以推想,一些著名工整的北朝碑铭墓志,在未刻之前,是个什么情况。"(《〈唐摹万岁通天帖〉考》,见《启功丛稿·论文卷》)摹在《万岁通天帖》里的东晋南朝名家楷书,和北朝的碑刻相比,主要是缺少了一道刻碑的手续而已,由此看来,南、北并无殊异,碑、帖亦非两派。吴玉如先生说:"欲习行草,能将《元略》入门,庶可得三昧。骤闻之似不能解,实则非故欲骇言,因六朝无间南北,精书者皆能化二王行草之法入楷则。吾尝谓晋人行草使转化作真书,便是北碑面目,一脉相延,岂可强为割裂。"(《吴玉如诗文辑存·书论选抄》)北碑的笔法是从二王行草的使转来,那么学二王行草和学北碑便可相互助益。聊作补充的是,在碑帖分类而互通的观念之下,也有碑、帖的结合问题——比如启功先生曾说欧阳询《九成宫醴泉铭》将碑的庄严美和帖的弹性美融为一体,但这只是两"类"的结合,而非两"派"的结合。

人们惯称的"碑帖结合",大多是将心目中的两个派别融为一体,是去探索前所未有的;而在碑、帖之间相互参证,是去印证碑和帖原本的会通。碑帖结合,就像在两条隧道之间新修一条通道;而碑帖参证,则像从隧道的两端疏通这个原本就贯通的隧道。这两种观念都包含了对书法史的认识,也都会引发不俗的创造,但碑帖分类而互通的观念更能契合书法史的真相,具有深刻的返本价值,而与此相关的碑帖参证的书法实践,亦有广阔的返本而开新的空间。

邓宝剑 北京文艺评论家协会理事,北京师范大学艺术与传媒学院教授。

民俗艺术的当代传承与地方表达

刘先福

民俗艺术是一个外延较大的概念，与"造型艺术"相对应的部分，大致也是"民艺学"所关注的内容，或者说，约等于非遗十大门类中的"传统美术类"及一些"传统技艺类"项目。不过，一般谈论造型艺术时，更多强调作品的审美属性，而民俗艺术视角的关照还包括作品的民俗特征与生活属性。近年来，在非遗保护工作的大力推动下，造型类民俗艺术尽管面临现代性危机，仍取得了一定程度的发展，保护成效明显，特别是有针对性地提出"生产性保护"等概念，力图在工业生产和手工技艺两者间达到互补互益的效果。

在"新视野与当代表达"的论题下，我想讨论的是，民俗艺术同样是造型艺术中重要的一类，不仅在中华优秀传统文化传承发展的过程中有其自身的时代价值，而且对于艺术家的创作而言，也依然是无比丰富的资源宝库。也就是说，民俗艺术作为一种传统的"新视野"，需要我们（不管是研究者还是创作者）的持续关注。

一、重视民俗艺术的传承发展

提到民俗艺术,自然离不开传承,传承性被视为民俗的核心特征之一。任何文化艺术的发展都离不开传承。只有传承才能发展,而关键在于如何传承。"守正不守旧、尊古不复古"是当代传承要遵循的根本原则,也是文化发展乃至创新的前提和基础。在非遗保护工作的蓬勃开展下,民俗艺术的保护意义和当代价值已无须赘述,但民俗艺术的生活属性仍需更多关注。很多艺术创作者很清楚艺术与生活的密切关系,但往往在提炼生活的过程中处理得相对表面化,实际上,从生活到艺术,再由艺术复归生活,需要不断淬炼。只有这样循环往复,才能创作出真正的经典艺术作品;也只有这样,我们的生活才会更加切近理想中的美好生活愿景。

就北京而言,在传统美术类国家级非遗代表性项目中,为人熟知的有北京内画鼻烟壶、北京兔儿爷泥塑、北京灯彩、北京玉雕、北京绢人、京绣等。在传统技艺类项目中,有景泰蓝制作技艺、北京风筝制作技艺、北京宫毯织造技艺等。它们都包含了造型艺术的基本元素。如今,这些地方的标志性文化都被纳入非遗体系加以保护。按《保护非物质文化遗产公约》对"保护"的界定,它包含着确保非物质文化遗产生命力的九种措施,即确认、立档、研究、保存、保护、宣传、弘扬、传承和振兴。因而,从广义的角度理解"保护",可以让我们的造型类民俗艺术在今天发挥更大的效用。

二、挖掘地方文化的深厚内涵

著名华裔人文主义地理学家段义孚先生在《恋地情结》中讲到，"人对环境的反应可以来自触觉，即触摸到风、水、土地时感受到的快乐。更为持久和难以表达的情感是对某个地方的依恋，因为那个地方是他的家园和记忆储藏之地，也是生计的来源"。这段话是对地方表达的生动阐释。这里的"地方"可以是小到我们的社区、村落，也可以大到城市、国家。这种依恋感既是与生俱来的，也是逐渐养成的。在地方文化中，造型艺术的表达是相当直接且直观的，很多时候就是当地自然和人文景观的再现，但绝不是所谓客观意义上的复制，无论哪种呈现方式或艺术形式，都不可避免地加入了创作者的理解和情感因素。

正所谓一方水土养一方人，人们在欣赏和使用这类民俗艺术中，都会萌生某种亲切感。如北京的兔儿爷泥塑，这种彩塑形象不仅具有中秋时令的玩具功能，与其相关的传说和风俗也折射出北京历史文化的不同层面。再如北京绢人，有人说它是中国的"芭比娃娃"，实际上，绢人的历史要悠久得多，文化内涵也丰富得多，以古代戏曲人物为代表的造型，处处展现出地方文化和民族审美特色。这些地方造型艺术的传承发展都有进一步讨论的必要。

我们的艺术也正是因为在这样的环境中获得滋养，才塑造出这样的表达风格，更为重要的是，它们也是强调中国风格、中国气派所不能忽视的一个方面。北京作为首都，有着鲜明而厚重的历史文化和传统民俗，如何利用这些文化资源展现古都风韵和时代风貌，是研究者和创作者都要深入思考的重大问题。

三、探索当代表达的实现路径

造型类民俗艺术作品背后隐藏着古老而精湛的手工技艺,我们在看到作品呈现的同时,技艺也随之传承,而且传统技艺必然以活态的形式存在,一旦静止不变,它也就不再介入新的创作。从这一角度看,民俗艺术的当代价值也体现在生生不息的创造性上。

另外要明确的是,这种参与创作的主体不仅有生产者也有使用者,因为人们在不同民俗艺术制作过程中的角色有时会互换。例如,年画的制作者同时也是使用者。所以,民俗艺术的审美与实用功能是相互交织的,也就是说,这些"造型艺术品"并不仅仅是博物馆和美术馆中纯粹的被欣赏的艺术作品,而是与生活传统融为一体,在生活文化中占据重要的位置。

再说到当代传承的新方式,一方面如"非遗进校园""艺术基金""研培计划"等项目,扩大了传承的范围、强调了代际传承的意义;另一方面,"艺术+科技"也彰显出时代特征,比如,平面的剪纸利用新技术实现了立体视觉效果,3D 建模为传统器物的观看与研究提供了便利。与此相类,更多技术手段也被不断应用在民俗艺术的传承和保护中。同时,技艺本身和作品本体的现代化进程,也使得这类造型艺术出现更多反映现代生活的人物和器物形象。

总而言之,我们能够探索的以造型类民俗艺术为基础的文创空间依旧很大,而我们对文化传统的理性认识和合理利用还远远不够。如果说当代传承是时间维度,地方表达是空间维度,那么二者的组合就是我们的生活场域,它向前可连接传统,向后则指向未来。当下,在推动中华优秀传统文化创造性转化、创新性发展的过程中,重视民俗艺术的传承规律、发掘地方文化的深厚内涵,或许会成为拓展造型艺术创作视野的一个重要路径。

刘先福 中国艺术研究院艺术学研究所副所长、副研究员。

以"新"提"质"：新的时代背景下艺术产业升级迭代问题研究

张朝霞

一般认为，文化产业、艺术行业因为低能耗等要素禀赋，都属于绿色的可持续的朝阳产业。但在区域发展、经济创收等动机牵引下，某些超大型文娱、文旅或演艺项目某种程度上遭遇了资源消耗、投入过大和更新缓慢等发展瓶颈问题。在这样的背景下，本文认为应该导入新质生产力理论，重新评价现有艺术产业发展态势，以"新空间""新业态""新人才""新消费"为抓手，重构新时代艺术产业高质量发展的产销适配逻辑。

所谓"新质生产力"，是 2023 年 9 月习近平总书记在黑龙江调研时所提出的一个创新性理论概念。这一概念强调的是，在发展中要发挥科技创新的资源整合价值，积极培育战略性新兴产业和未来产业，其目标以创新驱动来带动新经济的增长。简言之，新质生产力理论以创新为核心驱动力，系统阐述了高质量发展的动能、势能和效能机制。它从科技创新入手但又有所超越，为我们思考新的时代背景下艺术产业的升级迭代问题提供了重要的方法论。可以说，以"新"提"质"的新质生产力发展模式,正是新的时代背景下艺术产业迭代升级的要义与抓手。

以"新"提"质",谋求艺术产业迭代的第一个层次就是要导入以数字化、智能化标志的科技创新力。通过科技驱动型迭代来提升艺术生产力、营造艺术消费场景,是这个时期艺术界主要的努力方向之一。在新的技术环境下,艺术生产的工具和方法都产生了质的变化。以"人"控制、使用 AI 创作工具创作完成一件艺术品,已不再是纸上谈兵。有的 AI 艺术品拥有了合法的版权,有的 AI 作品甚至在专业赛事获得不错的成绩。人工智能等新技术带来的不只有自娱自乐或小范围实验的创意释放,更重要的是打开了艺术产业内容创制的核心密码。艺术家如何拥抱新时代新技术,让其成为有效的创意工具已经成为一个实践议题。在音乐、美术等易于数字化的门类艺术范畴中,已经有了一定量的人才、作品和创作方法的储备。而在戏剧、舞蹈等数字化门槛较高的门类艺术中,新技术的应用主要表现在舞台设计革新和传播路径创新等方面,对于现场表演和行业资源的数字化潜能挖掘还有待升级。无论如何,在倡导新质生产力的时代背景下,各门类艺术或早或晚,或深或浅,都将迎来自内而外的结构性变化,在其边界上也会有新的艺术类型产生出来。从某种意义上讲,艺术产业的内容创制已经全面进入以"新"提"质"的新时代。

以"新"提"质",推动艺术产业系统化升级的第二个层次就是要在文化治理、艺术管理实践中大力倡导创新驱动意识。作为文化产业的一个分支,艺术产业因应时代之变,已经开始在艺术创制、生产、传播和服务等方面呈现出一定的"求新""求变"热潮。在政策驱动下,艺术文化领域的各种新业态、新产品不断迭代,并开始形成一定的融合创新格局。在这里,除了新技术的"新",更重要的是广义创新驱动的"新"。以表演艺术行业为例,在以"新"提"质"的努力中,新技术应用只是其中的一个维度。从内容选题、创意流程，到空间拓展、观演关系，艺术内容创制的创新表现了全方位的生产动能和效能。从艺术家到消费者的单向度、封闭式艺术产业链，因受到多方面创新要素的刺激而产生了多种变体和多个方向，共享、共创的过程性艺术成为可能。原有的艺术生产主体不断在新思维作用下"拆墙透绿"，以联合创制、产教融合等方式缩短艺术生产流程、提升艺术生产效率，新时代艺术产品的数量和质量得以倍增。

综上所述，新质生产力原理迁移至艺术领域后产生了两个方向的跃升。第一个"跃升"就是纯技术层面上的主体控制力提升，其结果或许是新艺术品种或新业态的诞生。百余年来，从惧怕、排斥到呼应、应用，艺术家对于新技术的态度逐步上升为一种新的艺术工作方法，在某些交叉学科领域已经开始有新的艺术品种初露端倪。例如，在舞蹈领域中，早年的舞蹈实验影像，在近年来不同平台的推广下，已经成为相对稳定的艺术新业态和新产品。第二个"跃升"则是概念层面的。通过政策协同、资源整合和跨界实验，在为人民而艺术的"大艺术观"之下，以创新驱动艺术产业整体效能的提升，是各艺术生产主体逐步清晰和明确的管理方略。

事实上，受政策驱动，目前我国以大城市为中心正在进入新质艺术生产力快速提升阶段。以演出产业为例，以院校、院团、场馆和演艺经纪公司为主的艺术生产主体开始展开多层次的密切合作，形成人才培养、剧目研创、市场推广和公共服务高度协同的良好生态格局，整体艺术生产效率呈量级提升。除了各家自有的剧目创制外，围绕着某些知名节事活动平台，还形成了大中小型演出项目集聚发展态势，广大观众不同层次的文化消费需求和审美偏好都得到了较好的满足。很多市场上成功的大项目，在创意构思之初，就已经走上了以"新"提"质"的结构化生产力聚合之路。舞剧《永不消逝的电波》、舞蹈诗剧《只此青绿》

就是此类创新驱动实践的成功个案。与此同时,中国本土的"Z世代群体"开始逐步成为文化市场消费主体。他们以主动介入的主人翁姿态悄然改变着艺术的表现形式、发生场域和接受方式。以上海为例,上百家演艺新空间的出现、几十家美术新空间的涌现,不但进一步刺激了艺术生态的多元化发展,而且从某种意义上彰显了不同消费群体的个性化审美诉求。在传统艺术产销体系之外,新空间、新业态、新人才与新消费的交互正在形塑产销适配的未来型艺术生态位。

张朝霞　北京文艺评论家协会理事,北京舞蹈学院人文学院教授。

沉浸式戏剧与城市发展

孙　亮

近年来,沉浸式戏剧越来越被关注,各种类型的沉浸式演艺纷纷出现。那么这种现象为什么会出现? 又是如何影响城市的发展呢? 我们从沉浸式戏剧源起出发,寻找经典案例,探讨沉浸式戏剧在中国的发展及对中国城市发展的作用和价值。

一、沉浸式戏剧的起源

"沉浸式戏剧"也称为浸入式戏剧,沉浸式戏剧起源于英国,并深受纽约百老汇艺术的影响。其概念源于谢克纳提出的环境戏剧,经历了后现代语境的发展,形成了今天的沉浸式戏剧。

1960 年左右,纽约的一批先锋戏剧家引入了环境戏剧、偶发戏剧、互动戏剧等不同的戏剧形式,以挑战传统戏剧的场地、剧情形式,大众和表演者关系等,沉浸式戏剧由此而生。它突破了传统戏剧的观演模式,重新界定观演关系;没有固定的舞台与观众席,演员在表演空间中穿梭移动四处表演,观众们在不同演出场景中自由挑选地点、故事剧情或希望追随的角色。

对沉浸式戏剧的研究,离不开"沉浸"一词。1975年,美国芝加哥大学的著名心理学家米哈里·契克森米哈赖首次从社会心理学的角度出发提出了"沉浸"一词。他认为沉浸感是在心理层面上的体验,即当人们全神投入在某种情景时,注意力会高度集中;这种兴奋和充实的情感就像"心流"一样源源不断出现,达到忘我的状态。米哈里·契克森米哈赖把这种情绪体会称为沉浸体验。

二、英国 Punchdrunk 剧团与《不眠之夜》

1. Punchdrunk 剧团发展历程

2000年,菲利克斯·巴雷特和同学创办了 Punchdrunk 剧团,同时制作了剧团的第一部作品 *Woyzeck*。演出场地是在一个废弃的军营中,并将戏剧场景分散到军营的各个位置,观众可以走动着观看演出。剧团的第一部沉浸式作品由此诞生。

巴雷特将 Punchdrunk 剧团发展划分为三个阶段:第一阶段是2000年至2008年,巴雷特将这一时期的创作描述为实验,团队用不同的方式探索戏剧表现的可能性。第二阶段是2008年至2015年,巴雷特认为这一阶段团队专注于戏剧过程的精炼化与表演形式的专业化,并建立了有效的运营战略。第三阶段是2015年至2018年,这一阶段剧团在创作上对沉浸体验进行了深层次的探索,实现了剧团全球范围内传播和生产。巴雷特曾经这样总结 Punchdrunk 剧团的发展:"第一阶段是播种、发现与实验,第二阶段把种子埋在地下,第三阶段开始发芽。"

2. 沉浸式戏剧《不眠之夜》

《不眠之夜》是 Punchdrunk 剧团于 2003 年创作的一部沉浸式戏剧,根据莎士比亚著名悲剧《麦克白》改编而成。创作者将原著的故事情节拆分成十多条支线同时进行,剧中人物和情节都是独立呈现与展开,偶尔交织,观众很难看清故事全貌。因此观众最好的方法就是选择某个视角,跟随一位演员行进,探索剧情。这样的表现形式与传统的固定观众席大相径庭,观众必须全程移动才能持续欣赏表演。

2003 年,《不眠之夜》在伦敦第一次演出,被认为是种行为艺术。2009 年,巴雷特不满足只在英国演出,开始进军美国,《不眠之夜》先后在波士顿和纽约演出并获得巨大成功。2016 年,《不眠之夜》被引进中国,落地上海,同样取得商业成功。截至 2021 年年底,上海版《不眠之夜》演出场次已达 1 400 多场,观演人次超过 44 万,获得 3.8 亿票房,并被授予全球领域主题娱乐行业"杰出成就奖"。

三、沉浸式戏剧赋能我国城市更新和发展

1. 我国沉浸式戏剧的出现

2015 年,孟京辉创作了国内第一部沉浸式戏剧《死水边的美人鱼》。上海版《不眠之夜》取得巨大成功,国内对于沉浸式戏剧的尝试一直不断,《知音号》《成都偷心》《金钱世界》《南京喜事》《画皮 2677》《只有红楼梦·戏剧幻城》都是其代表作品。

2. 沉浸式戏剧促进了戏剧文化产业的扩大

自 2021 年起,全国各地出现了众多多元化、年轻化、功能化的"演艺新空间"。这些空间利用"沉浸式戏剧"理念,将封闭的剧场拓展延伸为以戏剧内容为核心、多元场景并置的开放立体空间,以期以戏剧内容引流,进而带动周边商业发展。在城市的热门商圈、文化打卡地设立演艺新空间,降低了观众进剧场的时间成本和金钱成本;提高戏剧的娱乐性,降低了观众进入戏剧领域的"门槛";沉浸式体验,更好地满足年轻观众体验式消费需求,戏剧不再是曲高和寡的小众艺术。同时,要使演艺新空间持续成为城市发展亮点,就需要为之源源不断注入活力,即需要不断创作出优质多元的戏剧内容,以维持不同受众对戏剧的参与兴趣。戏剧产业随之进一步扩大。

3. 沉浸式戏剧带动了沉浸式产业的发展

沉浸式戏剧的出现和发展给很多行业带来新的启示和创新思路,"万物可沉浸"时代到来了。目前,我国沉浸式产业仍处于起步阶段,但发展速度非常快。据《2017 年度大众生活消费趋势洞察报告》显示,沉浸体验搜索增长量为 3 800%,此后长期保持增长态势。截至 2019 年,全国有近 1 100 家沉浸式企业;根据《幻境 2020 中国沉浸产业发展白皮书》估算,2019 年中国沉浸产业总产值达 48.2 亿元人民币。

文旅产业是沉浸式发展最为迅速的产业,沉浸式业态几乎覆盖文旅新兴消费的所有领域,沉浸式夜游、沉浸式灯光秀、沉浸式展馆、沉浸式演艺、沉浸式餐厅等新业态层出不穷。"沉浸式"帮助文旅产业实现全面升级,给各旅游景点、街区和机构带来新的消费增长,进而推动了城市的更新和发展。

孙　亮　中央戏剧学院教授,实验剧团团长。

"创新中国"形象，文明古国的时代焕新

张　铮

中华文明绵延数千年从未断绝，在神州大地留下了丰富的历史遗迹和灿烂的文化遗产，也让我国成为世界文明古国之一。在我国的国家形象结构和对外展示的文化元素中，"传统"和"历史"是其内核。一方面，全球民众对于我国的国家形象感知也围绕"东方古国"这一核心概念展开。但另一方面，现在距离李约瑟在《中国科学技术史》中提出的中国古代"四大发明"之说已经八十年，中华人民共和国已经成立七十多年，我国的科学技术取得了巨大成就，面向人类未来的科技在中国科技工作者和科技企业中得到研发和应用，创新早已成为我国各行各业的关键词。

因此，"古老中国"的时代焕新与"创新中国"的正当其时都是当前国家形象中不可或缺的一部分，应该尽快系统化开展我国创新型国家形象的建设与塑造，打造更加立体全面的中国国家形象。

对我国来说，当前着力建设创新型国家形象具有很强的现实意义。首先，这能够让世界了解一个更加全面、现代、鲜活的中国，能够更好地让中国的科学技术人才、成果与产品走向世界。其次，建设创新型国家

形象有助于我国搭建全球性的科技创新平台,吸引全球范围的更多科学家、科技人才、技术性投资,有助于促成全球科技的紧密合作。再次,建设创新型国家形象可以加大我国在全球科技革命进程中的话语权,为我国参与全球科技博弈的必然性进行确证,提升我国在全球科技发展进程中的主导性。最后,建设创新型国家形象对我国国内激发全社会创新热情,营造激励创新氛围,激活"人才"第一资源具有关键作用。

着力建设创新型国家形象,要考虑从以下几个角度入手。

第一,通过科幻类与科学类文艺作品大力推介我国独创性的科学发现和技术成果,为全球科技议题奠定具有中华文明智慧的人文向度基础。科幻文艺是以科学原理为基础,加以合理的推断、演绎和想象生产的一类文艺作品,我国近年来以《三体》《流浪地球》等为代表的科幻文艺作品在国内外受到广泛欢迎;科学类文艺作品则是以科学史故事、科学家成长经历、科学探索纪实或科学研究历程为题材创作的小说、戏剧、影视、网文、短视频或游戏等多元文艺作品。这些作品的创作与生产是我国为人类命运共同体贡献合理想象和文化解读的具象载体,是展现我国科研前沿探索精神的真实再现,能够为全球科技发展带来中国的人文向度,体现中国科技工作者的使命感、责任感。

第二,提升我国原创的科幻、科普文艺作品的全球能见度和影响力,激发利用新兴媒体和内容载体推介中国科技的能力,主动设置全球科技前沿的议题。要加大对我国科幻与科学文艺作品的推广和译介,尤其要设置合理的战略传播体系,让我国的独创性科技创新更好地为全球民众所了解。充分利用在海外具有广泛影响力的游戏、网文、短视频等平台,积极引导全球自媒体人主动创作围绕中国"黑科技"与"硬核科技"的内容创作热情,并进一步引导全球科技工作者认知、接纳和认同中国的科技方案、科技智慧、科技伦理,主动在全球性媒体上设置具有中国风采的科技热门议题。

第三，通过全媒体渠道、多模态内容、跨领域合作，塑造一批权威、生动、可爱的中国科学家和科技企业家形象。中国拥有世界上数量最大的科技工作者群体和活跃而庞大的科技企业家群体，这些都是中国科技创新的主力军，每年从科技企业、科研院所、高等院校产出世界最多的科研成果、科技应用，推动了人类社会的科技进步。这些科学家、科研人员和企业家，人人都拥有鲜明的人格特质，有趣而多面的性格，丰富的兴趣爱好，他们既有普通人的喜怒哀乐，也有科技工作者执着钻研或敏锐发现的独特一面，可以对他们进行多侧面的描摹、多角度的采写，以全媒体渠道、图文音视频等多模态内容展现他们的生动形象。

第四，充分发挥科学共同体和科学领域关键人员的能动性，吸引更广泛的科技工作者主动承担提升民众科学素养的能力，挖掘"Z世代"讲述中国科技发展故事的能力和潜力。讲好科学故事，科技工作者最具有发言权，也最具有能力，应该进一步激发更广泛科技工作者进行科普宣传、开展科幻文艺创作的热情，使参与提升民众科学素养的工作成为科技工作者的主责之一，发挥科学领域关键人的能动性，并进一步发挥年轻群体尤其是"Z世代"与移动互联网、智能媒体伴生的传播力。

张　铮　清华大学新闻与传播学院副院长、长聘副教授。

演艺新空间的聚合表达

——也谈传统文化在演艺领域内的创造性转化

郭　嘉

汉字是中华文明的重要标志,也是传承中华文明的重要载体。习近平总书记指出:"中国字是中国文化传承的标志。殷墟甲骨文距离现在三千多年,三千多年来,汉字结构没有变,这种传承是真正的中华基因。"(《在海淀区民族小学的讲话》,2014 年 5 月 30 日)习近平总书记强调:"甲骨文是迄今为止中国发现的年代最早的成熟文字系统,是汉字的源头和中华优秀传统文化的根脉,值得倍加珍视、更好的传承发展。"(《致甲骨文发现和研究 120 周年的贺信》,2019 年 11 月 1 日)

为深入贯彻习近平总书记贺信的精神,2020 年 11 月中央宣传部、教育部、国家语委等八部门共同启动了"古文字与中华文明传承发展工程",旨在深入发掘甲骨文等古文字蕴含的历史思想和文化价值,并通过创新转化成果,服务时代需求。但是由于历史久远,人们在生活中较少有接触古文字的机会,对古文字的字形、外观、含义皆不甚了解,古文字往往被大众认定为艰涩高深、有距离感。古文字深藏历史底蕴、蕴含丰富故事,值得后代关注、传承。在传播方式日新月异的今天,以甲骨文为代表的古文字等中华优秀传统文化的传播也应探寻更为新颖的方式,实现"创造性转化、创新性发展"。

首都师范大学文学院文化产业系和首都师范大学甲骨文研究中心共同孵化的甲骨文儿童舞台剧《玄鸟》将甲骨文、商代神话、玄鸟等传统文化元素与现代戏剧、音乐、舞蹈等形式相结合,形成"文化+艺术"的创新表达和创意传播,以协同创意的方式促进了当代艺术与传统文化的深度融合。《玄鸟》在这种聚合表达机制上大致作出以下的模式探索和实验。

一、聚焦传统文化题材,创新性提取传统元素

通过聚焦传统文化题材并结合多种艺术形式进行创新表达,可以创造出具有新颖性和独特性的文化产品,吸引观众深度体验传统文化,形成深度文化参与。

其一,在创作理念层面,《玄鸟》作品注入创作者对甲骨文在人类活动中的历史价值的独特理解——甲骨上的"画作"是人类渴望记录自己的方式,也是当代的我们共同回望人类童年的源起!剧本创作的原初理念是从对"甲骨文与人类存在之间的关系"这一思考中得来的:这部戏是关乎人类不能实现"飞翔"之事,并将这种信念记录下来,"记录"成为留下印记的最好方式,通过这种方式我们感知到了遥远的"自己"。

其二,风格和体裁感的建立方面,作品从中国传统美学风格中提炼描摹《玄鸟》的风格体裁和体裁感——国风体的神话剧,《玄鸟》的国风气质并非恢宏和气宇轩昂,而是有淡淡的文明印记和东方气节。此外,演员表演、形体与语言也采用古典式的、风格化的台词语言、形体特征、

行动方式。

其三,剧本内容方面,整个故事的背景建立在甲骨文起源的商代,故事也是以商契寻找自己的"玄鸟"之父为主线。全剧的环境选择陆地、森林、海洋,分别对应甲骨文中的"土""木""川"。同时,剧中围绕甲骨文元素进行了相关知识的戏剧化呈现,包括台词、视觉形象都进行了精细刻画和阐释。

二、借助"演艺新空间",创新"聚合表达"

戏剧、舞蹈、音乐等不同的现场演艺方式与演艺新空间里不同的建筑风格、空间装置、现代科技等融合,形成聚合表达,演艺内容将得到全新的赋能,呈现出多样性和创新性。

其一,协同创新方式,促文化+艺术的空间深度融合。《玄鸟》的首场演出是在传统式镜框剧场中,剧中利用影像技术实现"玄鸟"这一意象的表达和"土""水""木"等甲骨文文字的视觉呈现。在郎园场的演出中,舞美设计方面利用了郎园玻璃开放空间的透光特质创造甲骨文色块,下午场演出利用自然光线投影到室内地面;晚场演出补充室外灯光,辅助成像投影到地面。在天桥新空间的演出中,利用蓝色幕布代表海洋弥补了无法利用光影效果的缺憾……不同的空间实践试图将不同的元素、风格和理念融合在一起,创造出独特的空间形态来讲好甲骨文故事。

其二,拓展传统文化多种表达形式,用多元艺术展现甲骨文明。在《玄鸟》中,音乐和舞蹈元素都被巧妙融入剧情,人物形象更加灵动和多元。观众能更加投入地欣赏舞台剧,对传统的中国音乐和舞蹈的审美能力也得以增强。

其三，打造专属传统 IP，强化文化品牌认知。传统文化的传播面临当代共情的壁垒，建立传统文化的品牌形象有利于新空间中的演艺内容形成深刻的品牌认知，例如打造 IP 的创意图库和文创系列产品。对于甲骨文而言，乌龟的形象是一个具有传播力的元素，《玄鸟》设计并制作了——乌龟"吉吉"作为周边产品，以此增强了戏剧的传播力，也为儿童搭建起甲骨文元素的当代认知桥梁。

三、关于"传统文化创造性转化"的进一步思考

中华文化既是历史的，也是当代的；既是民族的，也是世界的。不忘本来才能开辟未来，善于继承才能更好创新。我们要更加自觉、更加主动地推动中华优秀传统文化同当代社会相适应、同现代化进程相协调，更好地推动创造性转化、创新性发展。创造性转化，就是要按照时代特点和要求，对那些至今仍有借鉴价值的内涵和形式加以改造，赋予其新的时代内涵载体和传播渠道，激活其生命力。创新性发展，就是要按照时代的新进步新进展，对中华优秀传统文化的内涵加以补充、拓展、完善，增强其影响力和感召力。

关于传统文化在演艺领域内的创造性转化，应着眼以下四个方面：立足当代，深入挖掘阐发中华优秀传统文化精髓；创意激活，进行中华优秀传统文化再创造；科技赋能，实现中华优秀传统文化整体提升；交流互鉴，提升中华优秀传统文化国际影响力。

郭　嘉　首都师范大学文学院文化产业系主任、副教授，首都师范大学创意产业与传媒文化研究中心主任。

AIGC 时代的人机共创内容生产新模式

陈娴颖

随着人工智能技术发展与应用普及，AIGC 正在重新定义文化内容生产模式。从文字创作到影视制作，从音乐创作到艺术设计，再到游戏开发、广告营销和数据分析，AIGC 的应用日益广泛。AIGC 本质上是一种内容生产方式，是基于深度学习技术，由大模型对标记数据进行分析关联从而生成内容的一种方式。过往的内容创作生态主要经历了从 PGC、UGC 到 AIGC 的几个阶段，但始终难以平衡创作效率、创作成本及内容质量三者之间的关系，而 AIGC 可以实现专业创作者和个体自由地发挥创意，降低内容生产的门槛，带来大量内容供给。

这不仅改变了内容的创作过程，也对内容的形式、质量和传播方式产生了深远的影响。因此，对于文艺工作者需要深入思考如何与 AIGC 共创，以更好地适应文化内容生产新模式。

一、降本增效与模式创新：AIGC 应用及其影响

2023 年是 AIGC 应用元年，随着生成型人工智能技术的快速发展与创新，AIGC 技术的普及化与专业化，AIGC 在文化内容生产中得以广泛应用。AIGC 最先应用于文本生成和写作辅助，ChatGPT、文心一言、讯飞星火、通义千问等大模型被广泛应用于文章、博客、新闻的自动生成，创作小说、剧本、诗歌等创意内容，并给予写作建议和语法修改。此外，还有一系列支持各类音频、视频、音乐以及多模态的 AIGC 工具。如用于图像与艺术创作的 DeepArt，可根据给出的提示词，创造新颖艺术作品，主题特定图像，协助设计师进行概念设计和原型制作。再如用于音乐创作的 AIVA，可根据给定的设定，自动作曲和编曲，为特定风格或情绪生成背景音乐。此外还有智能视频和动画制作工具 Adobe Character Animator，可根据提示词为动画或电影创造视觉效果，生成短片或动画序列；智能语音合成与模仿工具 Descript，可以为播客、广播或虚拟助手生成逼真的人声或者模仿特定声音；游戏开发工具 Unity ML-Agents，可自动生成游戏环境和关卡，创建游戏角色和故事线；AI 教育与培训软件可汗学院，可创建定制化的教学材料和练习，生成技能培训的模拟场景；应用于广告与营销的 Persado，可创建定制化的广告内容，自动生成社交媒体帖子和营销材料。智能数据分析与报告生成工具 Tableau，可生成数据可视化和解释性报告，自动编写市场分析和研究报告。AIGC 在这些领域的应用，为内容生产带来了降本增效的实际效果、互动模式的改变以及新商业模式的可能性。

第一，AIGC 在简化行业流程和减少时间成本中的作用。AIGC 的

角色逐渐成为推动创意产业发展的关键力量,其在简化行业流程和减少时间成本方面的作用愈发显著,为文化创作者和从业者带来了巨大变革。AIGC 的介入使得创作者更加专注于创作的核心,而无须在烦琐的创作细节上花费过多时间。生成原始素材、快速修订作品等任务都能够在更短的时间内完成,使创作者更加高效地展开深度创作。这种精细化的创作过程不仅提高了生产效率,也使得创作者更容易实现对作品的精雕细琢。相较于传统的人力密集型创作方式,AIGC 的应用降低了文化创作的生产成本,使得创作者、文化机构以及制片方能够在更少成本内更短周期中完成更多的创作任务。这对于文化产业的可持续发展具有积极的经济意义。

第二,AIGC 带来内容生产与互动模式的转变。AIGC 时代,数据成为文化内容生产的核心动力。传统商业模式中,创作者的直觉和市场趋势是内容生产的主导因素,但 AIGC 直接将数据驱动模式引入文化内容生产,通过分析海量用户数据、社交媒体趋势和搜索行为,AIGC 能够精准预测用户需求,使内容创作更具市场敏感性和用户亲和度。这种数据驱动的商业模式降低了市场猜测的风险,使文化内容更符合用户期望。通过深度数据挖掘,能够更全面地了解不同文化元素的关联和演变,为创作者提供更丰富的文化背景,加速创意的孵化和扩展。数据驱动的创意生成不仅提高了创作效率,也使得创意更贴近用户的需求,形成更具市场竞争力的商业模式。除了创意生成,AIGC 还可以在后期借助用户反馈,通过跟用户不断互动来优化内容,使得文化内容更符合用户需求。

第三,AIGC 带来商业模式的创新。基于用户需求的定制化、个性化的 AIGC 文化内容生产模式,不仅增加了用户黏性,提高了用户满意度,还为平台带来了稳定的收入流。定制服务模式增加了用户的参与度,使其更加愿意投入于平台。通过深入了解用户需求,平台可以精准调整内容供给和营销策略,提高用户留存率。例如"鲸体位"公司开发的"Marketing GPT"可以针对文化旅游、时尚、美妆、生活方式、直播电商等不同行业的市场营销操作,对特定项目内容生产策划、管理、审核和后期分析,并制定相应的数字营销策略。这种商业模式不仅创造了更为稳定的商业可持续性,也推动了文化内容生产商业模式向更加用户中心的方向发展。

二、创意独立与版权问题：AIGC 带来的挑战

创意是人类思维和想象力的产物,它涉及独特的见解、创新性的思维和能够打破常规的能力。然而,AIGC 系统的内容生成往往受到限制,因为它们的输出受到训练数据和模型参数的约束,这种限制导致生成的内容往往过于模板化,缺乏原创性。AIGC 系统通常是基于深度学习模型构建的,这些模型通过大量的训练数据学习自然语言处理和文本生成,尽管这些模型在处理大规模数据时表现出色,但它们的工作方式并不涉及人类思考和创造的复杂性,它们主要依赖于统计规律和模式匹配,这使得生成的内容缺乏真正的创意和独创性。正因为此,AIGC 系统生成的内容往往呈现出模板化特征。AI 生成的内容虽然具有一定的新颖性,但这种新颖性往往只是表面的变化,缺乏真正的内在创新。这导致了内容同质化和缺乏独特魅力,对用户的吸引力和影响力相应降低。这是因为这些系统在训练过程中学习到了大量的文本模式和结构,然后将这些模式应用于生成新的内容。这导致生成的文本在形式和结构上相似,难以区分。在某些情况下,这可能会让用户感到内容缺乏新意和个性。

AIGC 系统生成的内容也可能会侵犯版权,特别是生成与已有作品相似的内容时,这可能包括文本、图片、音频和视频等多种媒体形式。侵权风险可能会引发法律纠纷,尤其是生成的内容被用于商业。维权者可能会提出侵权指控,导致版权纠纷。而界定责任的过程也会更加复杂,由于 AIGC 系统的自动生成性质,难以明确追溯到生成内容的责任人。这引发了法律和道德问题,特别是在社交媒体平台和新闻机构使用 AIGC 生成的内容时。由于 AI 生成的内容往往基于已有的数据和信息,创作者很难对生成的每一部分都拥有完整版权。在实际操作中,如何界定 AI 生成内容的版权归属成了一个复杂的问题,社交媒体和新闻编辑部门可能需要制定清晰的政策,确定内容的来源和责任。目前而言,法律框架未能完全适应 AIGC 技术的快速发展,版权法律通常基于人类创作的前提制定,难以适用于机器生成的内容。因此,需要制定新的法律政策,更好地应对 AIGC 引发的版权问题。这需要权衡创作者、维权者和技术公司的权益,确保公平和合法使用。

综上所述,创意缺乏和版权问题是 AIGC 技术所面临的重要挑战。了解这些问题的复杂性以及如何应对,对于确保 AIGC 技术的可持续发展和合法使用至关重要,解决这些问题也需要法律、伦理、技术和教育等方面的综合努力,确保创意产业的创新力和内容的合法性。

三、协同创作与共同成长：人机共创新模式

在 AIGC 时代,人机共创的模式日益成为创作和生产的重要形式,技术的不断创新能够推动内容的智能生成和个性化定制,而人文的关怀和创意则能够赋予内容更丰富的情感和意义。为了有效地实现人机

协同创作,对于文艺工作者,更需要重塑人与 AI 的合作方式,创作出更加具有人类情感、具有灵魂的文艺作品。这就要求文艺工作者在密切关注 AIGC 所提供的服务,学习如何运用 AIGC 工具的同时,深刻理解它们的特点和局限性,并根据自己的需要进行选择和使用。

第一,明确 AIGC 和人类创作者的优势和劣势。AIGC 的优势在于其高效性和自动化处理能力,可在短时间内处理大量数据,从不同的角度、维度和程度来理解、分析和处理信息,生成多样化内容,满足不同的需求和偏好;劣势在于缺乏人的创意、想象力和灵活性,虽然一定程度上可以模拟人的创造力,但其创意仍基于已有数据和信息,缺乏新颖性和原创性。同时,大模型因输出质量不一致且不可控,受提示词影响大,输出鲁棒性差,同时缺乏自我纠错能力,因此需要人工修正和完善。相对于大模型,创作者的优势在于其创意性、灵活性和主观性,劣势在于其有限的处理能力和处理量,创作者需要较长的时间和更多的资源来完成一项任务。因此,在协同创作中,需要充分利用两者的优点,尽量弥补两者的不足。

第二,确定协同创作的目标和范围。协同创作的目标是通过 AIGC 与人类创作者的协同,提高创作效率和质量。大模型可以应用于文学、音乐、游戏等艺术领域,也涉及商业领域的广告、数据分析等,但不同领域的 AIGC 工具不同,因此明确协同创作的目标和范围,才能更好地让大模型理解彼此的角色和职责,发挥其优势。确定的目标与范围,有助于判断何时需要 AIGC 的参与,以及何时需要创作者的独立创作。在创作的不同阶段,创作者可决定是否要借助大模型的能力来实现更高效、更精准的创作,或者在某些情况下放弃它的参与,保留个人风格和创意独立性。

第三,通过不断反馈和调整提示词,建立有效的沟通机制。大模型无法像人类一样理解复杂的情感和语言语境,因此创作者需要通过沟通向它传达自己的意图和要求。只有建立有效的沟通和反馈机制,才能更好地完成协同创作的任务。创作者需要对大模型生成的内容进行评价和反馈,使大模型了解自己的优势和不足,通过不断反馈训练,使得大模型提供更加符合创作者要求合个性的创作服务。

第四,人机共创要求创作者跳出传统思维框架,展现跨学科思维。这意味着创作者不仅要具备艺术或专业领域的知识,还应对科技、人工智能等领域有所涉猎,以便在不同领域之间建立连接,激发新的创意。同时需要具备强大的适应性和持续学习的能力,以便跟上技术的最新趋势。这包括对新工具的快速上手能力,以及面对 AI 系统的不断迭代,能够有效调整和优化创作策略。

总之,AIGC 时代,文艺工作者需要持续提升技术理解、跨学科创新、沟通协调、适应学习、项目管理等能力,通过更好地驾驭 AIGC 工具,在创作过程中实现更高层次的艺术表达和创新。

陈娴颖 中国传媒大学文化产业管理学院文化产业系副主任、副研究员。

网络文艺就是青年文艺

许苗苗

青春是人生中最勇于接受变动、面对创新的阶段,青年群体也正是最乐于探索新技术,参与新文艺的群体。以互联网、个人电脑和智能手机为技术环境的网络文艺,不仅仅是新媒介的产物,更是青年群体创造力的展示。我国网络文艺诞生迄今二十余年,与当代青年同龄;网络文艺潮流不断变迁,与青年群体文化特征同步;作为新媒介主流人群,青年的爱好与价值观通过媒介反映,网络文艺与青年文艺同源。

一、网络文艺与当代青年同龄

网络文艺以青年人为主体,它的潮流性、变动性等特点,对于处在

* 国家社科基金一般项目"社交媒体时代网络文艺中的'玩劳动'研究"(项目编号:22BZW023)的阶段性研究成果。

人生中情感最充沛阶段的青年来说,具有强大而独特的吸引力。甚至可以说,网络文艺就是青年文艺。

网络文学是新媒介文艺中最早为公众所识的一类。早期网络中文创作借助邮件群组在北美留学生中传播,1998年台湾博士生网上连载《第一次的亲密接触》则造就了中文读者心目中网络文学的标准样式。在高校图书馆机房里,早期网络文化带有浓厚的校园文化烙印;而随着我国信息工程普及,网吧不仅替代了游戏厅,还用网络小说里逆袭升级的故事直白地道出了小镇青少年的梦想。2008年,年仅二十一岁的网络作者"我吃西红柿"凭《星辰变》游戏改编创下百万收益;2012年起,年轻的网络作者们更是通过先上连载支撑起"网络作家富豪榜";2021年,"起点中文网作家月收入超500万"得到证实……

网络文学对青年的吸引力不仅源自故事情节抓人或年轻的作者们令人艳羡,也来自新媒介开放的新型话语权。早期互联网以低门槛吸引大批青年加入,即写即发的互联网上不讲究价值观的灌输和人生阅历的教育,网络小说只要情节吸引人,就能获得关注转发和收益。成名网络作者一度带着些许叛逆自称"草根",强调自身与传统准入机制下作家的差异,他们"从修车厂学徒到月入百万""因伤退役后终成网文大神"……互联网以新的媒体技术重新定义文化资本,这些一朝功成名就的神话,是年轻的新媒体对同样年轻的网民做出的许诺。在创意产业开发的财富和新媒介体系授予的话语权双重吸引之下,越来越多的青年人开始在键盘上敲击自己的故事,也鼓舞同龄人投入其中,网络文艺成为年轻人的领域。发展到二十年后,网络已不再是初生概念,但依然洋溢着浓郁的青春气息。第一批"85后"作者逐渐隐退,新一批"95后"作者已成主力,《2022中国网络文学发展研究报告》显示,"00后"是网络创作群体的主要增量。网络一线不缺青葱的面孔,青年一直是网络文学创作、传播的主要力量和主流受众。二十多岁的青年与发展二十余年的网络文学同龄。

作为全民阅读和文化娱乐的重要组成部分,网络文艺的青春属性未变,作品面貌直接反映社会大众特别是其同龄人,即青年群体的文艺爱好和审美取向。

二、网络文艺与青年成长同步

网络文艺一向被视为青春的产物,但青春人群却是变动的,如今的青年与以往不同,他们的创作也呈现不同面貌。近年来网络文艺精品化步伐的加快使之远离低门槛的野蛮生长;同样,如今的作者也不能再用"草根"形容,他们同样年轻有梦想,却具备过硬的专业素质。

从低起点的废柴草根变成高学历的年轻榜样,新媒介创作者依旧青春,但群体形象却在悄悄转变。据囊括 QQ 阅读、起点中文网、新丽传媒等网络文艺阅读创作品牌的"阅文集团"统计,其作者具备高学历和年纪轻两大特色。这一表述并不精准,实际上,网络创作人群总体呈现"收入越高学历越高,年纪越小人数越多"的金字塔结构。这一方面源于高回报产业对劳动力的天然吸引,另一方面说明以专业人才培养为目标的新媒体教育模式和选拔制度正积极跟进新文化产业,并初步显出成效。

新媒体文艺产业不再是量大、粗疏的亚文化潮流,而成为内部分化、以高端精品为目标的新主流文娱。在强竞争和高回报之下,坐拥"大神"封号、拥有财富自由的胜者,已经不再只靠韧性和运气,专业训练、媒介素养、学习能力和对社会的敏锐观察同样不可或缺。如今成功的文艺作品绝非一人之功,而源自多方合力:作者提供创意和内容;编辑发现热点策划专题,行业资本、文化政策等外部因素均不同程度影响作品的市场表现和辐射范围。因此,虽然媒介开放依旧,但网络爆款已不能继续依靠猎奇或套路。这一点在网络文艺产业链原点的网络文学中尤为突出。与短视频的画面和弹幕的文图并茂比较,文学的长处在于以文字调动读者幻想并引发共鸣,需要强调想象的原创性、结构的逻辑性、对社会群体情绪的感应力和对宏观文化局势的领会力。网上多种文艺同场竞技,视觉、音效对注意力的抢夺必然对新作者提出更高要求。他们必须告别感官刺激和瞬间快感,突出文字的独特差异,区分不同媒介感应力,提炼独属网络文学的新特质。

这种挑战同样存在于视频、播客等领域,新的网络创作者不再是凭借灵感所向披靡的勇士,而转变为天赋、学识、激情皆备的青年人,他们获得创意写作、编导剪辑等专业知识的装备,善于将自身生命体验与大众共情,以青春的美好带动跨代际回应。

三、网络文艺创作与青年生活同源

以往认为新观念和新立场孕育新文化,但今天的新文化以技术和媒介表现为特色,在娱乐消费中贡献灵感的"玩劳动"是网络文艺生产的基础。网络文学、弹幕混剪、剧本杀、虚拟偶像等,于社会而言是新文化,但对年轻人来说是生活的一部分。因此,青年文化与新媒介文化同源。

新媒介文化尚缺传承,有时深度也不够,但它从年轻人新鲜的欲望和创造性探索中,获得源源不断的动能。生于2000年前后的"Z世代"人群成长在媒介融合背景下,媒介应用能力和文化适应性极强。在他们眼中,网络与书报、广播、电视等之间并无权力层级差异;网络文艺和传统文艺也并非泾渭分明。小说、影视和广播剧不仅有网文、视频和播客等网络对应物,还能在网友的议论和二创中获得新的生命。因此,利用网络终端发帖、直播和游戏,既是网络文艺生产,也是生活、社交、自我表达的屏幕延伸。在"Z 世代"视野中,"阅读"不必与书本绑定,屏幕能打开更大空间,数字技术挣脱媒介介质的阈限。屏幕既是终端,又是起点,它背后是知识富矿,新媒体同时担负知识获取、文化传承和时尚娱乐的任务。

　　网络文艺面貌多元,以不拘一格的想象力为特色,并随媒介技术发展变化。早期网络流行《读者文摘》体,反映出期刊影响力,其后文学网站兴起,"起点"废柴、"晋江"宫斗则是年轻人改善境遇梦想的投射。近年来,现实生活相关题材成为网上新亮点,这并不意味着幻想资源已消耗殆尽,而说明迅速流变的网络文艺敦促新一代青年作者远离因袭,从独特生活中找灵感。如轻松幽默的《大王饶命》主角个性十足却特别容易得罪人,科幻文《我们生活在南京》则用高三物理知识推导出拯救二十年后世界的设想,《道诡异仙》浓郁的"克味"来自现代异化精神观照下的东西方传说。

　　生活为幻想提供源源不断的动力,年轻人多变的兴趣及时通过数据终端反映,构成网络文艺持续变动的潮流。年轻人对游戏的热衷渗透至各类互动 App 里,成为闯关升级攒积分的基本构架;热门动漫则推进二次元同人创作和 cosplay 活动;"知乎盐选"由问答发起故事,"B站"轻小说频道里则多见类似短视频的场景描写和配音剧本……网络文艺类型越丰富,就能愈发及时准确地跟上青少年多元的爱好。2023 年,男女频热门作品《我在精神病院学斩神》和《魏晋干饭人》不约而同以盲人为主角,黑缎蒙眼却内心如炬的形象,既为漫改视觉转化预设辨识点,也反映出年轻人脸盲、社恐、怕对面交谈,却乐于暗中观察掌握最新情况的特点。

　　网络文艺反映青年生活日常、思维模式和有所作为的意愿。广大青年以网络创作投射现实,通过虚拟感知认识现实,在充分媒介预演后回返现实、干预现实。通过自身熟悉和喜爱的新媒介作品,他们展示出独到的现实感受力和社会责任感,表达出更好理解世界、认识生活的意愿。

　　记录当下就是创造明天。全新媒介已不可避免地融入当前文艺环境,影响文艺创作。熟悉新媒介的年轻人用全新手法表达个性化生命体验,创作出独属新一代,又具备普遍共情力的新故事。

　　许苗苗　首都师范大学艺术与美育研究院教授、网络文艺研究中心主任。

智媒时代影像传播助力文化传承

张慧瑜

随着大数据和人工智能技术的应用，智能化媒体借助算法、数据分析、虚拟现实、移动互联网等改变了文化传播的基本模式。相比大众时代的媒体，智能媒体具有三个典型特征：一是影像传播扮演着重要位置，信息呈现从文字、图文为主转变为动态化、动画化和视频化的媒介形式；二是智媒的平台化越来越明显，交互性和社交性增强，用户、消费者深度参与到内容生产和传播中；三是数据算法实现精准化传播，一方面对信息生产和流通的全过程进行大数据收集和分析，另一方面对不同用户进行精细化、个性化推送，形成超强的受众黏性。数字影像不仅是搭建虚拟空间的媒介基础，也是沉浸式体验的交互界面。

如果说二十世纪以来中国传统文化通过影视媒体实现了现代传播，那么二十一世纪中华文明借助数字视听、AIGC、短视频等智媒时代的影像传播方式更能实现创造性转化和创新性发展。

一、数字影像"复活"传统文明

电影、电视是二十世纪发明的大众媒体,实现了人类从以文学为基础的印刷媒介转向以影像为基础的视听传播。二十一世纪,视听媒体经历了数字化、智能化转型,影像生产、消费的逻辑也发生巨大变化,逐渐从胶片电影、模拟电视转变为以数字技术、电脑特效、AIGC 为基础的影像生产模式。

今年暑期档,有两部国产电影引发热议,一是追光动画耗时十年制作的历史动画电影《长安三万里》,不仅再现了李白、高适、杜甫等盛唐诗人的浪漫与洒脱,也展现了安史之乱从盛唐到乱世的转折点;二是历时九年完成的国产神话大片《封神第一部》把中国经典神怪小说《封神演义》搬上银幕,用数字特效呈现了商朝的辉煌与衰亡。这两部作品一方面用影像的方式把传统人物、文化经典数字化为生动、具体的视听作品,另一方面又对传统叙事进行了"故事新编",体现了当代人对历史、对人物的重新阐释,也是把传统文化转化为现代文明的可贵尝试。

与《西游记之大圣归来》(2015)、《哪吒之魔童降世》(2019)等新国产动漫作品不同,《长安三万里》取材于中国文学史中的真实人物,激活了人们对唐诗的文化记忆。首先,这是一部文学动画电影,把朗朗上口的"文字"唐诗《将进酒》《燕歌行》《登鹳雀楼》等幻化为活灵活现、亦真亦幻的诗意境界,淋漓尽致地展现了少年李白的自信洒脱、中年李白的肆意妄为以及老年李白的才子迟暮;其次,这是一部以长安为名的动画电影,以唐代为背景、以长安为主角,长安既是商人之子李白、名门之后高适渴望获取功名利禄的欲望之地,也是汇聚天下才子、豪杰纵情歌舞、醉生梦死的世界之都;最后,这是一部历史动画电影,是暮年节度使高适回望、怀念盛唐气象的作品,李白、杜甫等才华横溢的诗人固然留下了流芳千古的诗篇,却终生怀才不遇,无法找到施展空间。近些年,追光动画公司不仅拍摄了《小门神》(2016)、《白蛇:缘起》(2019)、《新神榜:杨戬》(2022)等传统题材的动画片,更重要的是尝试把传统文化实现现代转化,用现代的叙事策略、民族化的动画风格重新"复活"传统文化,体现了文化的传承性与创新性的有机结合。

神话巨制《封神第一部》也是如此。小说《封神演义》曾多次被改编为电视剧、电影,是神怪题材的"活水源头"。《封神第一部》借鉴好莱坞魔幻电影的形式,把中国本土的神魔故事变成带有史诗风格、视觉特效的奇幻大片。这部电影在数字特效上下功夫,一方面参考殷商历史文物和考古发掘,在服装、道具、建筑等方面尽量还原商代历史的风貌,制造了"翼州城之战""建造祭天台"等气势恢宏的历史场景;另一方面用 CG 动画、AI 技术、动作捕捉等把《封神演义》的魔幻、奇绝的法术展现出来,让神仙、鬼怪变成活灵活现的可视化影像,如数字生物饕餮、墨麒麟、数字角色雷震子等都具有视觉原创性。这部电影还用现代叙事改造神怪故事,把商周之变的红颜祸水、天道轮回变成更符合现代逻辑的人性善恶,以多层次的父与子的对决、认同为情节动力,带有古希腊悲剧的色彩。

近两年,中国传统节日被作为电视综艺节目的重要类型。2021 年河南卫视连续推出"中国节日系列节目",从《唐宫夜宴》到《元宵奇妙夜》,从《七夕奇妙游》再到《重阳奇妙游》,采用"网剧+网综"的形式把实景舞台与虚拟场景相结合,用舞蹈、音乐和 5G、AR 技术把七夕、中秋、端午等中国节日"复活",变成美轮美奂、声乐动人的视觉盛宴,既展示了华夏中原文化的古典雅韵,又具有现代视听的节奏和美感,深受青年观众喜欢,屡屡"破圈"。

二、短视频"活化"非物质文化遗产

短视频是这个时代影像传播最为重要的形式。依托 4G、5G 技术，短视频平台迅速崛起，成为最主要的以影像为主导的传播模式。短视频既改变了影像生产从专业化机构向普通网友的转变，又使得影像变成一种更大众化、更吸引人的叙事语法。短视频传播有两个特征，一是借助抖音、快手、腾讯视频号等平台，亿万网友参与到影像生产中；二是依靠数据算法，短视频推送更加精准，增加了用户的使用黏性。据 2023 年《中国网络视听发展研究报告》统计，截至 2022 年 12 月，短视频用户规模达 10.12 亿，占网民比为 94.8%。

在短视频创作中，有一类作品非常突出，即非遗类短视频。非物质文化遗产是承载人类文明、文化传统、手工技艺、社会实践的共同遗产。中国作为悠久的文明体，是名副其实的非遗大国，被非遗保护机构认定的国家级、省级、市级和县级的非遗代表性项目有十万余项，其中，国家级非遗 1 557 项，有 43 项列入联合国教科文组织非物质文化遗产名录、名册，位居世界第一。非遗作品不仅是"躺"在博物馆里陈列和展出，更重要的是变成一种"活生生"的可以传承、可以欣赏的文化传统和技艺。因此，非遗保护特别强调"活化"，影像媒介是非遗传播和"活化"的重要手段。

在短视频平台，有两种非遗传播的方式。一是非遗网上直播。直播平台可以实现去空间化的传播，如地方戏曲、民族音乐等非遗表演团体，都能通过直播让更多网友领略非遗的魅力。2022 年，网络直播用户规模达 7.51 亿，是网络视听行业仅次于短视频的第二大应用。在短视频平台如抖音、快手上有很多非遗类网红,他们通过网络直播,一方面展示了精彩的非遗艺术,另一方面获得额外收入可以更好地传承技艺。二是展现非遗手艺和制作过程的短视频。这些作品把静态化的非遗变成可视化、动态化的影像,尤其是如木匠、微雕、剪纸、修复古建等技艺类非遗更适合采用这种传播方式。魏生国是糖画手艺的非遗传承人,他把制作糖画的过程变成几十秒的短视频,让网友看到糖浆如何在非遗传承人手中变成一幅幅生动、精彩的小动物。还有很多文物修复、传统文化保护的短视频,展现了掌握民间技艺的工匠化腐朽为神奇的精湛技艺,这些作品点击率往往非常高,也深受国外网友的欢迎。

用影像传播非遗可以实现三重效果:其一,让传统手工、技艺、戏曲、民俗等非遗作品保存下来,使得年轻人能从每一个具体的、精彩纷呈的非遗影像中了解传统文化;其二,每一个非遗背后不仅能看到一个真实、生动的传承人的故事,也能看出传承人在代代相传中既守正又创新的精神;其三,非遗文化具有地方性和在地性,非遗产生于不同的历史、自然与人类生产、生活的积累,代表着人类文明的多样性和丰富性。通过短视频平台,非遗传承人及其技艺成为一种"活化"的传统,这对非遗的继承和发扬都很重要,使非遗变成数字时代的文化瑰宝。

三、VR、AR 技术制造数字文旅新体验

近些年,虚拟现实(VR)和增强现实(AR)技术成为智媒时代影像传播的最新形态,带来沉浸式的虚拟现实体验。VR(Virtual Reality)指的是数字技术构造的虚拟世界,用户像网络游戏的玩家一样"置身"虚拟空间。AR(Augmented Reality)是把虚拟世界投射到真实环境里,实

现虚拟空间与真实空间的融合。这两个技术尽管还不成熟,但在一些文化旅游项目中已经有了一些应用,尤其是在文物参观、古迹浏览和乡村旅游中。

一是,VR、AR技术辅助博物馆参观,了解文物背后的故事。借助AR眼镜,游客可以边观看实物,边通过眼前的"显示屏"看到文物的全貌,了解文物发掘的历史和文化意义,使得文物不再是玻璃罩中静止的国宝,而变成更立体、更"活化"的虚拟形象。游客还可以通过AR大屏与虚拟角色互动,如把兵马俑变成虚拟角色,游客在AR大屏中与数字兵马俑交流、对话。VR技术还为博物馆打造数字展厅,给文物建立数字档案,如敦煌研究院推出"数字藏经洞",把壁画数字化,让游客像进入游戏世界一样"云游敦煌",并通过"点亮莫高窟""填色壁画""设计丝巾"等互动方式体验敦煌文化的博大精深。

二是,VR、AR技术使得文化旅游更有历史感、穿越感和现代感。VR全景技术可以使城市的真实景观实现虚拟化,数字化"拍摄"变成一种数据化"扫描",真实的实景信息通过3D建模、数据运算的方式还原为"以假乱真"的虚拟场景,游客不仅可以远距离"身临其境",还可以打开虚拟城市、乡村的地理、环境、古迹、文物等各种信息,深度了解人文历史的变迁。AR地图技术也使得景区旅游更加智能化,让文物古迹以可视的方式丰富游客的体验,使得旅游变成更有历史感和文化感的立体旅游。

三是,虚拟技术也可以助力乡村旅游发展。随着乡村振兴战略的实施,一方面很多乡村开始整治生态环境和社会环境,把"空心化"的乡村变成古村古韵、生态保护的诗意之所,另一方面农业文化遗产、乡村民宿、生态农业等项目也吸引城市消费者支持乡村发展。在这个过程中,城市居民除了假期到乡村旅游、消费之外,还可以随时通过云平台了解所认养的农作物生长、种植的情况,增加对生态农业的认知度和参与感。

在这个人工智能、数字技术日益广泛应用的智媒时代,中华文明又迎来新的转机。这些创造了口碑和传播力的影像作品具有双重特征,一是用数字化、智能化等新技术手段传播传统文化,二是在保留传统文化核心元素的基础上进行文化创新、讲述新的中国故事。可以说,中华民族现代文明是一种传统与现代、中国与西方彼此融合的新文明形态,借助智媒技术的影像传播,为中华民族现代文明的重塑架起一座穿越古今、沟通传统与现代的文化桥梁。

张慧瑜　北京市文联签约评论家,北京大学新闻与传播学院院长助理、研究员。

新媒体文艺研究为什么要关注软件

秦兰珺

十分感恩,北京文艺评论家协会把一个文艺评论的奖,颁给了我关于软件研究的新书。咱们协会对新事物很包容,但我也想在这里聊一聊新媒体文艺研究为什么要关注软件。

其实文联是我老东家。我曾有幸在中国文联网络文艺中心从事信息化建设。参与的第一个项目是中华书法作品数据库。我们之所以在前端实现对数据的快速检索和丰富展示,是因为上传图片时,能同时录入很多数据。我记得当时书法作品库的数据项,第一项就是"作者"。作品有作者,这简直是再普通不过的观念。但我发现对于很多中国古代书法作品,"作者"这个观念,其实并不适用。

很多作品,作者难考。同时很多传世作品的价值,在于它在传承有序中的扩充。一幅小小的法帖可能会扩充为一个长长的卷轴,这个卷轴上可能会有很多作者的题跋,有些题跋的价值甚至超过原作。像这样的作品,你就很难署名一位作者。

我其实以前就知道,作者是一个现代观念,但是这是我第一次,以如此直观的方式,体验到"作者"这个观念的现代性。同时,我也意识到,如果"作者"是一个数据项,那么"作者"就足以构成一种数据体制。符合现代"作者"观念的作品,更方便被录入,更容易被检索和展示。

这是我第一次感到,软件开发完全不只是技术的事情,它本身可以被嵌入各种立场、价值和观念。从那以后,我就开始在文化研究的视野中,对一系列大众软件展开反思。而这就是我这本小书的来源。

新媒体文艺研究为什么要关注软件?除了我的信息化建设经历,我想更重要的是学理上的原因。

为了说清这个问题,我想从新媒介理论家马诺维奇的研究历程说起。

在《新媒体的语言》中,马诺维奇提出,新媒介是有一些不同于传统媒介的新维度的。它将这些新的维度和形式,称为"新媒体的语言"。

在《软件说了算》中,马诺维奇发现,这些新媒介的新维度,有很多并非来自文化内部,而是来自构成新媒介文化的技术环境,那就是软件。要想理解这些新维度,就得从这些新维度的技术根源入手,正是技术的特性,深深影响了新媒介的特性,影响了媒介内容的特性。后来,他又发现,新媒介的技术环境,也就是软件,也并非一成不变。这些年来,软件自身也经历了网络化、移动化、智能化的变迁。所以他又开始关照起移动平台和内容的互动,智能软件对内容的影响。

从关注新媒介的特征,到关注这些特征的来源,再到关注来源处本身的变化,马诺维奇逐渐将技术的底层逻辑引入媒介和新媒介艺术研究。在他看来,新媒介内容由两个层面构成,如果文化层尚可用老概念分析,那么计算层则决定了新媒介的区别性特征,需要我们引入新的视野。

这种从技术问题切入的新媒介文化研究究竟展现为何种形态,我想从我做过的一个和北京密切相关的案例讲起:媒介如何表征城市?

这其实是个老问题。文学中的北京、电影中的北京,我想这些都是咱们北京文艺论坛的老问题。但或许今天,和老百姓日常生活更紧密的问题会是——数字地图中的北京。

大家知道,文字和图像既是一种媒介,也构成一种"体制"。这意味着它倾向表现一些内容,同时排除另一些内容。我想研究城市文学和城市电影的老师,对此一定不会陌生。那么,对于数字城市地图这种媒介,是否也存在着类似的数据体制?

或许,平时我们看到的广告大多是这样的,好像数字地图无所不包,一视同仁。但其实,地图一直存在着展现什么、如何展现的问题,即使到了数据库貌似可以无限扩充的今天,这个问题依旧存在。

今天我就来聊一聊 POI 数据体制。

什么是 POI? 简单来说,就是我们在地图上看到的这些气泡点。它覆盖了城市生活的方方面面,也中介着我们对城市的认知和体验。但是 POI 数据的采集和整理工作并不是中立的。

我第一次意识到这个问题,是在我家附近的一个城中村。我经常跑到那里买菜、修鞋,那里各种小店、小摊一应俱全。可就是这样一个冒着烟火气的城市社区,在地图上看着却一片冷清。

我很好奇这是为什么,就注册了数据采集员的账号,体验了一个月数据采集工作。我首先发现,一个地段的 POI 对于地图厂商越有价值,其采集动力就会越高。那什么是有价值的 POI 呢? 一言以蔽之,就是符合地图运营思路的 POI。由于城中村中的店铺不太符合这个运营思路,采集起来就特别便宜,比如这里,城中村采集 192 个地点的数据,才六块钱。而旁边的龙湖星悦荟,更新 30 个点的数据,就可以拿到八块钱。通过差异化的采集定价,地图厂商就把他们的价值导向传导给了数据采集员。

那么,如果我就是不在乎价钱。比如,我就采集了这个城中村,但后来发现，很多数据不符合数据标准，上传之后，又被退了回来。原来，数据标准对什么是 POI 是有规定的，比如，POI 需要有固定门店，需要有固定招牌，就这两条，能把一大批流动摊位排除在外，能把一批门脸不那么正规的店铺排除在外。

这时候我才发现，数字地图对 POI 标准的制定，是建立在地理信息媒介自身的底层逻辑之上的——在这里"定位"就显得极其重要；同时也是建立在现代城市商业模式上的——在这里，"固定"商铺而非流动摊位就显得更加"可靠"。

这也意味着很多不乏城乡接合部市集意味的"边缘生活社区"，就很难出现在这个建立在"定位"逻辑并经过现代商业"滤镜"预处理过的数字地图上。就如，很多前现代作品，就不方便以"作者"为数据项，检索和展示出来。

这个"城中村"是个案，也是代表。它代表着一系列位于边缘的本地生活形态，一系列在现代商业看来不那么正规却有其功能的社区市场，一种在各种意义上很难定位却生机勃勃的城市生活。更重要的，它们的存在让我们意识到，数字地图并非对哪儿都一视同仁，媒介体制的问题一样在数字地图中存在。

更重要的是，POI 数据今天已经成为地理信息系统辅助城市规划决策的重要工具，因而我们更需要指出数据体制可能存在的"偏狭"，莫让看似中立的工具成为错误决策的依据。因此，对于数字地图，这里有关"媒介和城市"问题，就不仅仅是简单的"表征"关系，而是塑造关系了。比如，在数据上有流量的店铺，大概率在交通上也有流量，而一个网红店众多的街区，也会与房地产发生丰富互动。

也就是说，数字地图比文学和电影这些传统媒介都更能对城市空间起到塑造作用，因此，更合适的提问方式或许会是：数字地图如何表征和塑造我们的城市？

总结一下，马诺维奇在《软件说了算》中其实做了这么一件事情，在软件构成的语境中重提一个老问题：媒介是什么？我觉得，我们可以这样的方式，在不同的软件中重提不同的老问题，比如：在数字地图中，城市表征是什么？在PPT构成的环境中，修辞是什么？我想我们可以在软件构成的"新语境"中重提"老问题"，这不仅可以把新语境的锐度和老问题的厚度结合起来，新语境本身也可以让我们反思和发现老问题提问方式本身的限度。作为青年评论的发言者，我会认为，这么研究新媒介，会比较好玩，比较"酷"。

秦兰珺　中国艺术研究院副研究员。

我国非物质文化遗产保护实践之反思

祝鹏程

一

二十一世纪以来,中国民间文化领域出现频率最高的词汇,必然是"非物质文化遗产"。非物质文化遗产(下文一般简称"非遗")指"被各群体、团体,有时为个人所视为其文化遗产的各种实践、表演、表现形式、知识体系和技能及其有关的工具、实物、工艺品和文化场所"。① 自联合国教科文组织(下文一般简称 UNESCO)于 2003 年通过《保护非物质文化遗产公约》(下文一般简称《公约》)以来,它已被世界上绝大多数国家接受,在中国,非遗的相关概念与实践也成为社会大众所关注的焦点话题。

---

① UNESCO:《保护非物质文化遗产公约》,中华人民共和国文化和旅游部国际交流与合作局编:《联合国教科文组织〈保护非物质文化遗产公约〉基础文件汇编(2018 版)》,内部资料,2018 年,第 7 页。

和传统的文化遗产保护相比,非遗保护意味着一套全新的文化观念,它的产生有着复杂的时代背景。其一是在全球化的时代里,各国的文化交流与争端日益剧烈,弱势民族的文化主权意识大幅增强。而随着文化产业的发展,大量亚、非、拉等国家的传统文化被欧美国家作为产业化资源加以开发。这些状况向民间文化的保护提出了新的挑战。其二是在急速的现代化过程中,民间文化受到了猛烈冲击,大量的传统文化流失甚至濒临灭绝。这些变化促使人们对现代化(现代性)的恶果进行反思,积极在国际框架内寻求传统文化的保护方案。这些因素共同推动了非遗概念的产生和保护实践的深入。[①] 也正是如此,《公约》强调了非物质文化遗产在尊重、保护社区文化传统、维系族群的文化认同、促进文化多样性与可持续发展上的作用。

非物质文化遗产保护运动是一种全球化语境下的文化实践,是从国际法层面协调各国文化权力和关系的途径,体现出和传统的物质文化遗产保护完全不同的理念。

二

结合 UNESCO 后续制定的《保护非物质文化遗产的伦理原则》《实施〈保护非物质文化遗产公约〉的业务指南》等重要文件,我们可以作出以下解读。

首先,《公约》强调了社区、群体和个人在遗产保护中的重要性,认

---

① 安德明:《非物质文化遗产保护:民俗学的两难选择》,《河南社会科学》2008 年第 1 期。另可参考钱永平:《UNESCO〈保护非物质文化遗产公约〉述论》,广州:中山大学出版社,2013 年,第 4–56 页。

为非遗的价值和意义是由传承、享有它的社区民众们所赋予的,是由人们在社会实践中创造的。非物质文化遗产保护的对象不仅是那些文化事象和文化形式,更是具体社区中的享有文化的人,遗产保护的最终目的是要保护、尊重社区民众的文化权利。因此,非遗的保护不应该是局限于政府、专家的行为,而应该是国际、国家、社区、专家、文化中介人等共同参与的实践,其中社区的实践显得尤为重要。

其次,非遗保护不再强调遗产的"独特"和"杰出",避免使用排他性的词汇,而是更具包容性,人们"可以共享非物质文化遗产的各种表现形式,这些表现形式可能与其他人的实践相似",同时,"非物质文化遗产不会引发特定的实践是否专属于某种文化的问题"。[①] 可以说,非遗保护是在增进遗产的社区认同功能和维系遗产的普遍性价值之间取得平衡的结果,以此增进文化的可持续发展与文化间的对话。

再次,非遗的定义具有前瞻性。非遗的保护离不开人的文化实践和创造,保护并不是要回到过去,而是指向当下和未来,保护的最终目的是维护文化创造者与传承者的权利,促进文化、社会与人的可持续发展。就像《公约》中说的,"这种非物质文化遗产世代相传,在各社区和群体适应周围环境以及与自然和历史的互动中,被不断地再创造"[②],非遗必须和当下民众的生活紧密联系,是民众鲜活的实践,那些被记录下来的文本、材料不属于非物质文化遗产。人们对遗产的保护实践不是"原样不动"的"维护"(preservation),而是更加主动的"保护"(safeguarding),即"确保非物质文化遗产生命力的各种措施,包括这种遗产各个方面的确认、立档、研究、保存、保护、宣传、弘扬、传承(特别

---

① 巴莫曲布嫫:《何谓非物质文化遗产?》,《民间文化论坛》2020年第1期。
② UNESCO:《保护非物质文化遗产公约》,中华人民共和国文化和旅游部国际交流与合作局编:《联合国教科文组织〈保护非物质文化遗产公约〉基础文件汇编(2018版)》,第7-8页。

是通过正规和非正规教育）和振兴"。① 这一系列举措不仅包括使遗产免于消失的防护性实践，还包括为非物质文化遗产提供创造继续被创造、维护和传播的条件。② 因此，非遗保护的不只是某个文化传统的形式或内容，更是人们运用这一传统并赋予其意义的过程。

我们可以用下列图表表示物质文化遗产保护和非物质文化遗产保护的差异：

	物质文化遗产保护	非物质文化遗产保护
表现形式	物质	非物质
遗产的价值	本源性的存在	社会实践的结果
保护的对象	遗产本身	传承遗产的人
保护的机制	政府与专家的专业行为	社区民众的普遍参与
保护中的人际关系	指导与服从	主体间性
保护的目的	维持遗产在某个时间点的原样	促进人与文化的可持续发展

三

中国政府于 2004 年加入《公约》，此后，社会各界迅速展开对《公约》的解读，并积极推行本土化的保护实践，形成了十大门类的分类机

---

① UNESCO:《保护非物质文化遗产公约》，中华人民共和国文化和旅游部国际交流与合作局编：《联合国教科文组织〈保护非物质文化遗产公约〉基础文件汇编（2018 版）》，第 8 页。

② ［英］珍妮特·布莱克：《国际文化遗产法》，程乐、袁誉畅、谢菲、梁雪译，北京：中国民主法制出版社，2021 年，第 12 页。

制和国家、省、区、市四级保护机制。非遗保护之所以能迅速在中国传播开来，首先是因为它符合了当下国家的需要。随着全球化程度加深，中国的国际影响力大幅增加，呈现出了民族复兴的态势。传统文化作为正面的资源，得到国家的重视。国家需要从传统中汲取资源，展示出民族灿烂的传统文化，以满足民族复兴的文化需求。

在全球化时代，非物质文化遗产保护承担起了这一责任。它为中国社会提供了新的文化支持。这个外来的名词具有陌生化的效果，可以让人忘却"民间文化""传统文化"等词汇所含有的"落后""腐朽"等负面意义，显示了当代中国积极拥抱传统的渴望。同时，它的全球化背景勾连起了民族与世界，有利于提升中国的国际文化软实力。对"非物质文化遗产"的推重与保护，不但能展示民族灿烂的传统文化，还能满足现代化进程中大众对传统的欣赏期待。因此，国内迅速建立起一套有中国特色的非遗保护制度，一系列举措极大地推动了全社会对非遗的重视。但毋庸置疑，目前国内的非遗保护普遍存在着一系列问题。

其一是对"本真性"的错误认知。本真性是文化遗产保护中一个历史悠久的经典概念，它标榜"正宗"与"真实"，往往和民族主义的认知和文化商品化的修辞直接关联。而《保护非物质文化遗产公约》提倡一种新型的保护理念，它鼓励创造，并不推崇"本真"。但在当下中国的非遗保护中，本真性却成了非常重要甚至位居核心的概念，并通过媒体宣传和商业运作，日益深入人心。显然，这是对《公约》的误读与误解。

在非遗保护中，遗产所承载的民族精神与民族传统被人们屡屡提及，本真性也由此成为非遗保护中的重要话题。无疑，真正的"原汁原味"并不存在。本真性是一种主观的价值建构。但出于民族想象或商业营销的目的，传承人往往掩盖了"传统"建构性的一面，而不断强调非物质文化遗产"真实""本质"的特性，并通过一系列的历史建构与符号生产，将种种建构性的因素先验化，生产出非物质文化遗产的"本真"属性。

正如安德明所说,"民俗最大的特征就是既有传承又有变异,在不同的时空下,传统民俗文化总会发生变化和调整,以适应新的环境。只有这样,它才能够保持旺盛的生命力,代代相传"。① 民俗是活态的艺术,它能随着时代的变迁而调整自身内容,所以从古代发展至今,它仍能存在下去。非物质文化遗产保护所关注的对象不单纯是技艺或文本,而是创造性的社会过程。本真性及本质主义的修辞和实践则影响到了民俗活态的艺术特质,造成遗产的"非真实化"。

当下的非遗工作把"保护为主,抢救第一"放在了极为重要的位置,而我们所保护、抢救的只能是某一具体时空中的文化形式。当人们将某种艺术标定为"本真"的时候,也将具体时空中的艺术从动态的文化进程中抽离出来,并"放置到一块不断缩小的飞地上"②,从而将某时某地的艺术形态变成放之四海而皆准的典范。一旦对此进行保护,遗产势必会变成某种徒有其表的形式,成为越来越虚假的艺术。简言之,对本真性的保护,难免会引发适得其反的非真实性。

其二是延续了物质文化遗产的保护观。正如有学者指出的,中国非遗的立法有着深厚的"物质文化遗产"立法保护的基底③,尽管帽子是新的,帽子下的脑筋却是旧的,这种错位让人误以为非遗保护的对象是物,保护就是抢救濒危的、历史悠久的"遗留物"。

在笔者的调查中,问及一些从事非遗保护的一线工作人员是如何认知非物质文化遗产的时候,听到不止一次类似这样的回答:非遗保护就是二十世纪九十年代"民族民间文化遗产保护"的扩大和延续。

---

① 安德明:《非物质文化遗产保护:民俗学的两难选择》,《河南社会科学》2008 年第 1 期。

② [德]瑞吉娜・本迪克丝:《本真性(Authenticity)》,李扬译,《民间文化论坛》2006 年第 4 期。

③ 孟令法:《中国文化遗产保护政策的历史演进》,《遗产》(第一辑),南京:南京大学出版社,2019 年,第 129 页。

因此，人们往往将"非遗"的价值看成其本源性的存在，忽视了遗产的意义与价值是由人们在实践中赋予的。

相关的误解也影响到了非遗的立法层面。现存的《中华人民共和国非物质文化遗产法》直接改编自《中华人民共和国民族民间传统文化保护法（草案）》①，延续了"民族民间文化遗产保护"的路数。而保护工作的指导方针"保护为主，抢救第一，合理利用，传承发展"则和文物保护工作的指导方针"保护为主，抢救第一，合理利用，加强管理"一脉相承，显然缺乏对生活中的活态艺术的重视。

其三是对民间保护力量的重视不够。在 UNESCO 发起的非物质文化遗产保护工作中，"社区"是一个极为重要的概念，对社区知情和社区参与的强调，是贯穿《公约》理想规划的基本原则。社区最大限度的参与，以及将社区、群体或个人，置于所有保护措施和计划的中心，是非遗保护的核心性原则。

当下的非遗保护的工作原则是"政府主导，社会参与，明确职责，形成合力"，把"政府主导"放在了"社会参与"前面，把民间力量放到了次要位置，显然也缺乏对民间自主性与创造性的重视。

无疑，非物质文化遗产保护既不能完全放任于市场，沦为商业意识形态的奴隶，也不可能完全由政府主导，导致保护的鞭长莫及。只有回到《公约》所提倡的"社区主导"，才能完成非遗保护的使命。这就需要悉心呵护、培育民间的文化空间，给予民间充分的自主权，充分激发其活力。另外，社会必须建立起理性的协商机制，树立平等对话的平台与机制。让不同的社会主体能够通过理性的对话进行沟通，最终促成人与文化的和谐发展。

---

① 康保成：《〈中华人民共和国非物质文化遗产法〉形成的法律法规基础》，《民族艺术》2012 年第 1 期。

在当前的非物质文化遗产保护中,政府、学者和商业开发者都积极参与其间,在各方的凝视下,民间很难避免成为客体化、对象化的存在。有鉴于此,各方面都需要积极调整切入的姿态。尽管在中国特色的语境中,当下的非遗保护很难避免政府力量主导的情况,但这并不应该成为忽视"社区赋权"重要性的理由,相反,"政府力量应该以一种'文化对话'的态度,尽量克服具体实践过程中强势干预的立场,最终促成非遗保护中社区主导的局面,并为普通人的全面发展做出切实的贡献"。① 政府应该从原先既当教练,又当裁判,又当运动员爹的全能机构,成为服务性的平台,成为社区保护实践的保驾护航者和资源提供者。学者则需要放低视角,认真反思民间社会的存在意义,商业开发者则要充分尊重民间的表达,把握好商业化的方向与力度,真正做到"以人为本""社区主导"。民间则应避免沦于"社区主义"的保护陷阱和民粹化的文化实践,使民间大众能够动用自身的自由意志来决定社区事务,使民间传统能够按其生存演变的规律健康发展,真正做到多元主体的平等参与和理性对话。

2023 年是 UNESCO 通过《保护非物质文化遗产公约》二十周年,接下来,《中华人民共和国非物质文化遗产法》也要进行系统修订。期待在后续的修订工作中,能够克服上述的问题,以切实的法规推进我国非遗保护实践,使非遗保护迈上新的台阶。

祝鹏程　北京市文联签约评论家,中国社会科学院文学研究所副研究员。

---

① 安德明:《非物质文化遗产保护中的社区:涵义、多样性及其与政府力量的关系》,《西北民族研究》2016 年第 4 期。

形象学路径与中国古典文艺的当代转化

白惠元

人物形象研究是文学研究的经典论域,这一研究方法在新媒体时代延展出更为丰富的色彩。当跨媒介视角遭遇人物形象变迁,这就变成了一种文化研究方法,即讨论同一经典文学人物形象①在小说、戏剧（戏曲）、电影、电视剧、动画乃至网络表情包等不同媒介场域的呈现方式,进而将其历史化,揭示人物形象塑造与当代社会文化的互动关系,辨析其意识形态征候。因此,形象学路径不同于"原型批评",其重点不在于"常",而在于"变";不在于人物原型的归化,而在于古典中国如何被转化为当代形象。

在这个意义上,近年来以追光动画、彩条屋动画为代表的国产动画电影值得关注,这些古典神话重述作品因其内容题材的丰富关联性而被坊间戏称为"国漫宇宙"。当然,动画不等于漫画,因此,笔者更愿意采用"国产动画宇宙"的说法。"国产动画宇宙"是一种从古典神话传

---

① 白惠元:《英雄变格:孙悟空与现代中国的自我超越》,北京:生活·读书·新知三联书店,2017年。

说出发的跨媒体故事世界建构,它以动画为中心,融合漫画、游戏、电视、电影、移动互联网等多种媒介形态,这些故事世界具有强大的文本再生产能力,相关文本具有一定的市场号召力,形成了固定的观众粉丝群。"国产动画宇宙"具有"二次元民族主义"的意识形态属性,近年来逐渐生成以《西游记》《封神演义》《白蛇传》等故事世界为代表的文本星丛,表现出"动漫世代"独特的文明观、媒介意识与情感结构,而以孙悟空、哪吒和白蛇、青蛇等为代表的动漫人物形象则具有"自我形象学"意义上的文化研究价值。

从"西游宇宙""封神宇宙"到"白蛇宇宙",这些动画电影都热衷书写主人公关于"妖魔"的身份焦虑。孙悟空被称为"妖王",历尽沧桑,誓与天庭斗争到底;哪吒被叫作"魔童",从小被玩伴孤立,直至放弃"自证清白",高喊"我命由我不由天";白蛇、青蛇姐妹更是面临着神与人的联合绞杀,危机之下,仍难割舍对世间男子的爱恨羁绊。在"神""人""妖"的基本世界观架构中,新世纪中国动画电影的主人公往往被设定为"妖",也就是自居社会结构秩序里的边缘位置。当然,这种身份焦虑并不表现为悲情,而是一种"天生我材必有用"的自信酷态。事实上,"国产动画宇宙"这股锐意挥洒的"妖风"恰是当代青年亚文化抵抗立场的一个表征。从民族记忆、成长困境到性别表达,"动漫世代"所钟爱的动画电影人物形象分别提出了各自的思想命题。从这个角度看去,以古典神话传说为基本故事世界的"国产动画宇宙"从来没有脱离现实,反而更具政治意味,所有取得突出票房成绩的动画电影依然指向种种拟宏大叙事,那么,这些动画人物也就不是数据库角色,他们依然是有性格、有意味、有世界观的文化符号。

除古典文学人物形象之外,历史人物形象的当代文艺再造也值得关注。这些历史人物形象之所以被反复书写,正因其所处历史时刻恰是民族主体转折蜕变的"紧张瞬间"。近年中国话剧舞台出现了不断重述晚清"戊戌变法"的历史剧热潮。在《北京法源寺》(田沁鑫导演、编剧,2015)、《帝国专列》(过士行编剧、易立明导演,2015)、《德龄与慈禧》内地复排版(何冀平编剧、司徒慧焯导演,2019),"中国式现代化"展现出了新解读与新视角。以话剧《德龄与慈禧》2019 年"内地复排版"为例,从慈禧、德龄、光绪三个主要人物形象出发,梳理本剧的接受史历程,可确立性别、地域、国族三个基本的文化观察坐标。在编剧何冀平的艺术创作中,慈禧被"还原"为去政治化的普通女性,德龄被预设了"外来者"的观看位置,光绪则寄寓了"少年中国"重述自我的历史化冲动。

当然,文学人物形象与历史人物形象也并非截然对立,二者亦可结合为古典文学史人物形象。从刚刚荣获金鸡奖的"新文化"动画电影《长安三万里》(谢君伟、邹靖导演,2023),到国家话剧院正在筹备、即将于杭州首演、关于苏轼文学生涯的话剧《苏堤春晓》(田沁鑫编剧、导演,2023),唐宋文化正在被转译为当代文艺的跨媒介诗性空间。那么,形象学路径也就不只关乎人物形象,更关乎空间形象审美价值与民族文化身份认同。或可将这种方法称为文化研究的"自我形象学"。德国学者胡戈·狄泽林克在讨论"比较文学形象学"时,谈到了"自我形象学"的同等重要意义:"对'自我形象'的这种非文学层面的顾及,有朝一日或许真会产生一种真正的研究群体特性的科学,不管它是叫'种族心理学'还是其他什么名称。"① 如果可以经由"自我形象"抵达某种"种族心理学",那么,其连接动词必然是"想象",亦即当代中国人如何通过这些经典形象的一次次文化再现来重新"想象"自身。因此,文化研究学者必须能够有意识地将学术研究与自身民族志意义上的主

---

① 胡戈·狄泽林克:《比较文学形象学》,方维规译,《中国比较文学》2007 年第 3 期。

观经验相结合,并自觉对其所研究的(也是其所属的)社群负责。是谓文化研究的"自传倾向"。①

白惠元　北京师范大学文学院讲师。

---

① 亨利·詹金斯:《文本盗猎者:电视粉丝与参与式文化》,郑熙青译,北京:北京大学出版社,2016 年,第 276 页。

北京文艺评论家协会艺术产业研究委员会成立大会

暨北京演艺之都发展研讨会

演艺未来时态：IP 与 AI 的双向奔赴与双向提升

金元浦

这里有这么多熟悉的朋友，还有年轻的朋友，我觉得在这里发言很荣幸，我想说的基本思路和想法就是双向奔赴、双向提升。中国和北京的文化演艺、文化建设进入了一个新时期，我这样分析有一点道理。传统文化服务业在全面复苏，呈现出一派繁荣景象，我国高质量发展文化新业态也开创了新的历史格局。我们要做的是什么呢？我们要做的就是文化的服务业、文化新业态、文化演艺中的 IP 和文化演艺中的 AI，也就是人工智能和我们考虑到的包括元宇宙在内的科技发展之间双向的交互。

国家统计局在 2023 年上半年的发展报告中谈到了两个方面的内容，从总体上看，我国的文化产业、演艺产业已经发展得非常快，全国规模以上文化及相关产业企业实现营业收入 5.9 万亿元，这是一个非常大的数据，也就是反弹以后有爆发性的增长，而在增长过程中看到反弹爆发性的增长，可能会到此为止，下一步将进入到常规的层次。但是这个数据有非常重要的意义，意义在哪里？在国家统计局的发展报告中，它把我们整个文化产业，当然包括我们演艺产业和艺术产业分成了两个部分：

第一个部分叫作文化服务业，因为文化服务业受去年同期的基数比较低，文化服务业的经营恢复得很快，上半年规模以上文化企业已经发展到了一个很高的位置，占到整个发展中的51%以上。这说明，传统的、过去的文艺演出和各种文化产业，包括艺术产业在内，还是以传统为主。

但是发展中有了一个新的内容，也就是文化服务业的另一部分，国家统计局把它叫作文化新业态，文化新业态与高科技相关，在元宇宙舞台上受到了沉浸式、体验式的发展，在整个发展过程中，高科技介入了高质量发展的新形态，所以被称为文化新业态。

这个新的划分给了我们一个很大的启示，那就是传统的文化服务业明显增强，众所周知演艺业发展是非常快的，呈报复性增长，西安演艺的例子大家也有所了解，很多人一票难求，第一排的要25万元，第二排的要15万元，一张票最高达到200万元，200万人涌入一个城市说明什么？说明大家有需求，大家在对文化艺术和美好生活上有了更高的追求，这种追求是强大的、强烈的，我们必须看到，这是整个文化产业、艺术产业、演艺产业发展的基础、源头。如果没有这种产业形态，我们能做什么呢？我们做了以后谁会看呢？谁掏钱呢？这些都应该被看到。

电影、电视、演出业、博物馆研学游，传统的、非遗的进一步发展就是演艺业的发展，现在把它叫作文化服务业。

我国当前旅游等文化服务业呈现出一片繁荣景象，突出表现在十大类别：国潮涌起，天南地北传统文化；全国旅游业全面开花，多样繁盛；与之相关的研学游如火如荼；博物馆业因历史热、考古热而门庭若市；影视业令人欣喜，成果耀眼；演出产业迎来爆发式的需求与展演；会展业借高质量新发展之势大热；非遗两创展示了丰富的资源优势；相关体育休闲娱乐两极对接彰显人民体育精神。具体表现有，国潮的发展引起了整体文化的发展；传统型的旅游业依然强劲，在假期还是延续了过去某些发展的方式，与之相关的研学游，再加上考古的热点，现在的博物馆门庭若市，新需求、新条件下传统的旅游、传统的文化还是很受欢迎的。电影、电视这一阶段也发展得非常好；演出业当然是爆发式的需求和展演；现在还有了会展业，这些都堪称发展大势。非遗两创以及体育行业都有了长足的发展，有了基层发展的宏伟目标，比如最近比较出圈的"村 BA""村超"。

但发展中的另一方面——文化新业态，正在以前所未有的气势占据越来越强的发展势头，2023 年上半年，文化新业态特征较为明显的十六个行业小类实现营业收入 23 588 亿元，比上年同期增长 15.0%；文化新业态行业营业收入占全部规模以上文化企业营业收入比重为39.7%，占比高于上年同期 2.6%；对全部规模以上文化企业营业收入增长的贡献率为 75.6%。互联网文化娱乐平台，互联网搜索服务，多媒体、游戏动漫和数字出版软件开发，互联网广告服务，数字出版，互联网其他信息服务六个行业小类营业收入增速较快。在国家统计局的报告中我们可以看到文化新业态与当下发展有着密切关系，但是有些方面还没有呈现出来，比方说"百模大战"中的 AI，也就是人工智能对文化产业和艺术产业有巨大的推动。

高质量文化新形态主要呈现十大类别：互联网文化娱乐平台；互联网搜索服务；多媒体、直播、短视频；游戏动漫；元宇宙 VR／AR／MR／XR；人工智能；大模型数字出版软件开发；互联网广告服务；互联网其他信息服务；数字出版。很多人都没有注意到直播和短视频已经呈现为一个大的产业系统。我们看到的直播、短视频，像抖音、快手等平台都已经成为强大的文化产业的门类，具有非常重要的产业未来性。游戏、动漫的发展也是非常快的，比如说米哈游《原神》这样的游戏，传播到了一百五十多个国家,成为"游戏界奥斯卡"的第一名,当然它们还有新的创举。在这种情况下,游戏、动漫,包括电竞产生出了非常大的市场效应。我做个简单的比较,比如说电影业,电影业这些年最高能达到600亿人民币就已经很不错了,但是游戏业,像米哈游《原神》等游戏,能轻松地在国外达到2 000亿人民币这样一个高度。所以不同产业的发展平台和技术支持是不一样的,我们要清楚应该面向哪里、抓住哪里。

接着是元宇宙的发展,前段时间元宇宙发展遇冷,但是现在全国至少有十个城市全面地规划了元宇宙发展的未来蓝图,VR、AR、XR、MR已经发展成非常具有未来性的类别,这个类别正在创造出非常多的新发展、新机遇,比如文化和旅游部推出的24个沉浸式、体验式的发展案例,其中都包含了VR、AR的方式,包括了4D以及声光电和现代结合的方式,这样一种新的产业形态带来了创造性的发展。

然后就是人工智能,国内正在进行人工智能"百模大战",随着国产大模型的开放,"百模大战"将更为激烈。这种竞争从某种角度上来讲是文化产业发展的一个巨大推力。像百度的文心一言,总的来说它应当是文化产业重要的推动力量。还有传统一点的数字出版软件开发,其实就是关于软件的发展。

总的来讲,中国的文化创意产业形成了双线交错的发展态势。一条线是与文化和旅游相关的相对传统的大众化、普及化的产业得到进一步发展,文化旅游业、文化制造业、文艺演出业、电影电视业、会展业、传统文化资源开发、地方特色文化、遗产保护和产业化传承发展、工业遗产保护利用、特色文化产品,乡村振兴与文化旅游的融合发展,如山水实景演艺、特色小镇、非遗创新、民宿、自驾游等。在这样的基础和态势中,娱乐占据着主题的数量庞大的传统格局。另外一条线是文创产业未来的发展更多是在高端、创意方面,主要是高质量升级换代带来的一大批新形态，这些形态与数字科技、大数据、人工智能、云计算、元宇宙以及视频产业相关。在发展中，我们可以看到国内有一批像华为、阿里、腾讯、科大讯飞、商汤这样的互联网大厂加入了百模大战行列。国家第一批通过了八个大模型，形成了人工智能快速发展的新局面。下一步要做的就是让两条线相互交错、交汇，形成我国新的发展态势和强烈的交互、融合发展的新需求与新趋势。

金元浦　中国人民大学文化创意产业研究所所长、教授。

文艺小镇集群联动赋能首都文化副中心建设

冯 巍

　　我今天跟各位老师和同学交流的题目是《文艺小镇集群联动赋能首都文化副中心建设》。刚才金（元浦）老师讲了非常学术、专业、宏观的视野，我就是从我尤其是今天的切身感受出发来谈一下我的具体想法。

　　非常感谢这次会议上午给我们安排了一次研学游，虽然我在中国传媒大学学习过几年，但是这是我第一次深度地了解通州，感想非常多，简略谈几个方面。

　　我觉得通州这个地方真的是很好，有地、有政策、有内容。我们上午参观了三个地方，分别是张家湾设计小镇的小镇创新中心和北京未来设计园区，再有台湖演艺小镇的台湖舞美艺术中心，如果说我们对舞美艺术中心的期待在落到实地之后有了一个更欣喜的感受的话，那么我们事实上对张家湾设计小镇，尤其是现在由北京铜牛股份有限公司在运作的未来设计园区，简直就是大开眼界，无论从它外形的设计上，还是说实际运作的北京设计研究院的进驻，以及吸引了相关的一些设计公司的进驻的角度，以及讲解老师给我们介绍它的未来规划的时候，说有一些重大的活动事实上已经在未来设计中心展开了，我们是觉得北京居然还有这样一块地方，非常非常开眼界。

我之前做了一些纸上谈兵的工作，当时就查到了有三个小镇在通州，张家湾设计小镇、台湖演艺小镇和宋庄艺术创意小镇。刚才侯健美部长的介绍让我心里踏实了，并没有遗漏哪一个地方，侯部长也说是一区、一河、三镇，一河当然就是从古至今就闻名遐迩的大运河。

这种总体优势显然是很突出的，之前曾经有老师邀请我去参加过两次延庆的长城论坛，我主要是承担了一个撰写会议综述的任务，在这个过程当中其实也是受到了很大的启发，那么我在今天来的路上就一直在想，事实上现在不要说全世界、全国，就是全北京各个方向的区域都在寻找自己的优势，通州当然有它作为城市副中心迁移过来的一个最大的优势，它显然是个政治新地标。我们现在是要打造或者追求它成为什么呢？它也应该成为不只是城市副中心，它也应该是首都文化的副中心，它也要是一个演艺的地标、一个文化的新地标。从北京来讲，那就是要向北有长城、向东有运河，我觉得这是一个大的方位上的定位。

之前我是因为有朋友在那边住，去过一次萧太后河，我是东北人，所以萧太后的说法对我有特别的因素在里边，找了一个机会去那看，发现那是一个真的河，就是说它不是那种很近的人工挖出来的，它有几条支流，公园也是比较原生态的，当初的说法是要跟京杭大运河打通吗？一直到环球影视城那边，不知道现在进度怎么样？很盼望着有这一天，因为在海淀我是知道有船可以从北京动物园一直坐到颐和园，希望我们这边也可以从城里的某个地方一直坐到环球影城中心，我想这是大人小孩都很欢欣鼓舞的一条路线。

我今天完全乘坐公共交通过来的，然后遇到了一点小情况，其实我刚才在犹豫要不要在一个正式发言里边提这么琐碎的小事情，但是我决定还是要提一下,因为我多年前在通州附近生活过,所以呢这次来到通州我是切实地感到了公共交通更便利了,城市的道路动线也更合理了,我们一直希望有一个没有围墙的城市,一个大城市拆掉所有的围墙恐怕不太现实,但是在一个大城市重新发展的地方,有没有围墙的选择相对来说就是顶层设计层面可以努力的这么一个方向。一开始到通州我坐小公交车,感到它怎么开得这么慢,但是在参观的过程当中,我突然就真的希望时间能够慢下来,就是我们的会议本身作为一个小案例就呈现了我们工作的高效率,如果能够生活在一个工作高效率、生活慢节奏的地方,这是今天的北京人多么盼望的一个地方啊!工作高效率、生活慢节奏,看似矛盾,但是我并不认为它没有实现的可能,因为事实上这个还是在不同的层面运行的事情。

那么一个没有围墙的小镇,一个几个小镇可以连通互惠,比如说将来会不会有特别方便的直通车?几个小镇之间。慢节奏、没围墙、有生活,离首都又这么近,离首都的心脏又这么近,而可能它是首都的第二个心脏,那是一个多么美好的地方!

而且在上午参观的过程当中,比如说客观地讲,那个小镇创意中心挺不起眼的,在外边看起来,就是几栋楼,但是我们进到元宇宙公司内部之后,我们参观的时候,比如说我以前在网上看到了清华的那个实景的 VR 场景的那个叫小程序还是什么?技术上我很不专业,我就觉得这个实景参观真好啊,结果在元宇宙公司见到了这个公司就是小镇的公司,这种人生的偶遇真的是很奇妙的。比如说像这样的地方,能够像铜牛那边变得那么有腔调一点,事实上营养很丰富,营养非常丰富,空间挖掘得也很充分,但是怎么能让这个空间变得更立体化、更宜居、更视觉舒适,甚至提升视觉上的审美度,让毛细血管更加畅通,这是我盼望的,也是我一个从天广地辽的东北来到首都尽管生活了二十年的人,特别盼望我们通州能够成为这样的一个有美好生活的地方。

最后做下总结，上升点高度，2035 年的文化强国目标，以及总书记在 6 月 2 日的讲话，就是在文艺传承座谈会上的讲话，第一次正式提出了要建设中华民族现代文明。这是一个特别高远的目标，但是我认为文化强国也好，建设中华民族现代文明也好，每个人都能做贡献，每个人都能结合自己的实际情况做出贡献，只要在大局中找准自己的位置，我们每个人都会有美好的未来，以此与在座各位共勉，谢谢！

冯　巍　中国文联出版社有限公司高级编辑。

全国文化中心建设的人文经济学观察

魏鹏举

首先以这个主题来祝贺我们艺术产业委员会的成立，同时另外一方面也让我们从一个新视角即学术视角来增强我们建设全国文化中心的自觉和自信。对于通州来说，一个是我们的文旅产业，再一个是今天"演艺之都"的建设，我觉得在全国文化中心建设的背景和基础下，一定能够在全国脱颖而出，绝对也是会有更好更大的发展。

这个话题，其实是我在北京市社科院党组学习的时候给我的一个命题作文，内容可能有点多，我就稍微简洁一点讲讲跟我们今天主题比较贴合的地方。

人文经济学是今年习近平总书记提出的一个非常重要的学术命题，也有可能变成一个非常重要的学科建设命题，所以今年大家都努力合作，共同来深化这个命题。在今年"两会"期间江苏省代表团审议的时候人文经济学被正式提出来，当时习近平总书记提出来一个很重要的背景，他提出"文化很发达的地方，经济照样走在前面。可以研究一下这里面的人文经济学"。①

关于文化和经济的关系,我在想文化和产业是否能够放在一起?曾经是有质疑的,艺术的发展或者说物质财富的创造和精神财富的创造是否关联?而且是否是正向关联的?曾经可能有很多不同的疑问,大家都知道在政治经济学提到过物质生产和精神生产之间不平衡性的问题,但是习近平总书记又提出文化很发达的地方经济往往也走在前列。为什么我们今天把艺术和产业放在一起,也认为文化的发达和经济的高质量发展之间是一个带有正相关的联系,总体来说人类越是进入现代文明的发展时期,文化和经济之间的关联越紧密,同时另一方面,文化和经济发展之间的平衡性也越来越好。当然各位可以从不同角度去关注论证,其中文化产业、文化经济本身的繁荣其实就说明了它的关联性和它的正相关性,同时文化繁荣的地方往往也是人才最集中,或者对人才、对资本、对各种市场主体最有吸引力的地方,这也导致文化的发达和经济高质量发展之间具有一定的正相关性这样一个联系。

其实总书记关于人文经济学的思想可以追溯到他二三十年以前各种各样的论述。现在很多国家智库在做相关的研究,要把人文经济学的思想进一步体系化,甚至有可能会建立专门的学科,我们特别期待那一天的到来。

因为目前通州作为一个新的北京市的政治经济文化的中心,而且通州的业态主要也是以文化相关的业态为主,所以通州应该建成一个新的中国人文经济学的高地。习近平总书记提到"文化赋予经济发展以深厚的人文价值,文化的力量总是润物细无声地融入经济力量"。其实通州经济的发展,估计没有更多的其他的可选择的动能了,当然科

---

① 总书记在全国两会参加江苏代表团审议时布置下一个题目:"上有天堂下有苏杭,苏杭都是在经济发展上走在前列的城市。文化很发达的地方,经济照样走在前面。可以研究一下这里面的人文经济学。"

技毫无疑问永远是最重要的动能,但是从科技这一项动能来看,它也是建立在文化的繁荣和发展这个基础上的。所以说,可能科技创新这个维度和文化创新这个维度形成一个双轮创新驱动的效果,才能有效地带动整个通州区社会经济的高质量发展。

我本人也是首寰集团文旅研究院①的名誉院长,所以环球影城在建设的过程中,通州区曾经委托我做过专门的研究——环球影城的溢出效应研究,现在看到这个艺术效应在实践层面上已经拓展开了。最近我们还有两个顶级的文旅项目也已经选择落户在了通州,通州的文旅业态越来越呈现集聚发展的形态。如果"演艺之都"能做起来,那么通州总体来说,在整个大首都圈甚至京津冀圈都会成为一个人文经济增长的高地。

北京市作为全国文化中心,关于它的人文经济的地位,我在北京市社科院党组学习的时候给他们大概做了点梳理。从中华人民共和国建立以来,中央北京市整体城市定位有过大概七次调整,从这七次调整来看,总体都围绕着文化+经济,就整体北京城市的发展来看,文化定位是一以贯之的,1953年明确提出"政治文化中心",那个时候的经济地位强调的是工业。但后来各位可以看到,1993年我们提出来的定位叫"去经济中心化",那时候北京市的领导好像有一个表述"北京市不再是全国的经济中心,但是北京依然要以经济建设为中心"。其实当时关于所谓的北京市"去经济中心化"这个定位说法好像也不是特别准确,因为我们对经济中心定位长期以来指的是工业、制造业意义上的经济中心,但如果从整个经济转型升级转向服务业这个层面来看,其实在1993年以后,即便中央不再提北京作为全国经济中心,但是在服务业

---

① 首寰文旅研究院是由北京首寰文化旅游投资有限公司发起设立的,是致力于文化旅游行业发展研究的智库机构。

这个意义上,北京毫无疑问是最发达的,因为它的服务业占比在当时已经超过了70%,现在服务业占比应该占到80%以上了,像通州服务业的比重估计占比还会更高。所以如果从经济升级高质量发展角度来看,即便1993年中央对北京市的定位叫"去经济中心化",也只是指不再发展工业制造业这一类的经济形态,其实它依然是全国的中心。

我找了一个数据,被公认的所谓经济中心上海,在2010年至2020年,从经济增长的幅度来看,其实这十年间交替增长,北京有四年是领先于上海的,上海大概也有四年领先于北京,其中有两年增长速度完全持平,所以北京在这么多年作为全国文化中心发展的过程中,实际上它的经济并没有放缓。关键的问题是,我觉得北京的经济结构这些年变得越来越优秀,而且不断地在升级发展。

大家看这几个定位是很明确的,而且这是公认的一个判断,首先北京的科技创新资源全国首位,新经济的势头强劲。它在数字经济规模这方面全国第一,这也是公开的数据可以证明的。北京是总部经济最发达的城市,无论是全球意义上的总部还是我们中国的总部。北京也是央企国企最多的城市。

因此,从中华人民共和国成立以来,北京一直就是定位为全国的文化中心,一直也伴随着北京经济上相对健康高速的发展,同时北京的经济结构也不断地在这个过程中继续优化。这是关于北京的人文经济地位的一个总体描述。

那么在当前中央提出要在2035年全面建成社会主义现代化强国的战略语境中,北京作为全国文化中心这样一个角色其重要性就进一步凸显。而从实际情况来看,北京在文化建设方面,在全国有非常显著的特征和优势。第一方面是高质量的文化生产内容引领产业核心发展的竞争力,内容生产和创新设计这两个维度,北京在全国都是有着很显著的优势的,尤其是内容,我们现在要建"演艺之都","演艺之都"本质上还是做优质的内容供给,这是最最重要的,内容为王。而且整个艺术产业,当然再到文化产业、文化经济,我觉得都符合内容供给创造需求的特征,只有优质的供给才能有更广泛的、更优质的需求和消费,如果没有优质的供给,且不说有没有消费意愿,即便有消费能力,可能消费也没法激活。

2023年上半年全国的文化和旅游复苏势头肉眼可见,这是毫无疑问的,但是明显存在一个差异,纯粹的传统意义上的旅游消费实际上是降级的。我参加过好多次文旅部搞的文旅经济形势研判,绝大多数人的看法是旅游领域是旺丁不旺财,人气满满的,但是算一算消费没多少,包括五一和十一,这两个旅游最集中最热的大假期间,旅游消费很大程度上被交通和住宿占据了,购物等消费其实并不多。现在我们还流行一种叫"特种兵式旅游",背着口粮,徒步旅行七八天,一毛不拔。但是文旅消费像金元浦教授说的,今年是旺丁又旺财,总的来说,客单价在大幅度增长。TFboys西安的演唱会,黄牛价最高炒到200万,最低也是两万块钱。我的朋友去看周杰伦的演唱会,扎扎实实地花了好几万买一张票,两三万块钱买一张票。而且电影票价在十几年以前是26块钱,现在是46块钱,所以大多数人是愿意为情感、为信仰买单的,即便现在经济形势不是特别乐观,但是文化消费、文娱消费总的来说明显高于其他消费领域,而且2023年三季度国家统计局的数据刚出来,GDP的增长4.9%,其中贡献度最大的是消费,消费高达83.2%,这是在中国可统计的历史上最高的一次,消费对GDP的贡献达到83.2%,绝大多数我们国内消费的贡献率50%左右,而毫无疑问消费贡献率最高的今年是文娱。所以内容的供给是关键,这方面北京表现得非常优秀。

第二方面,"数字+文化"新业态发展迅猛,形成创新驱动。这个我就不展开说了,我想好几位专家都提出了这个突出的优势,就是科技+

文化的双轮驱动。从全国评文化科技融合示范基地来看,北京市也是这方面基地最多的,而且从实际业态来看,北京市在这方面也是最显著的,所以我们"演艺之都"的建设特别需要继续在文化+科技这个方面做更多的事情。

第三方面,居民文化消费占比持续增长,新场景促进消费的升级。北京市作为全国文化中心,不仅带动了我们国内的文化消费、文化内容的创造和供给,同时也提升了中华文化影响力和文化贸易国际竞争力这方面的作用。也就是北京作为全国文化中心同时起到了中国文化的国际传播、国际影响力提升这样非常重要的作用。所以北京天然地也应该是个世界城市,是个国际文化之都。

第四方面,从文化高质量发展这样一个量化的角度来看,我带着我们的团队做了四年的中国文化产业高质量发展指数,北京市总体上都居全国前列,其实连续几年都是全国第一,当然有些分项指标上稍微低一点,比如说2020年和2021在个别的产出指标上稍微低一点,但是总体上毫无疑问从我们自己做的量化测算里边,在文化产业高质量发展这个维度上是居全国绝对的前列。

之所以能够保持这样一个发展优势,我觉得有五个方面值得提一下:

1. 政策导向。在座各位都算是做文化产业的,我是非常得益于北京市在推动文化创意产业发展的政策,最早跟金元浦老师做博士后,其实我原来完完全全是做文艺学的,所以跟今天这个会从学术渊源上是很贴合的,但是因为博士毕业,还有秦勇教授,我们曾经是中央财经大学文化产业管理专业最早的一批老师,为了转向文化产业后来和金元浦老师做文化创意产业的博士后研究。北京市在2005年年底提出发展文化创意产业,当时金先生就是这方面的学术倡导者和带头人。我个人的发展是完全得益于北京市在自觉发展文化创意产业方面一系列的政策和后续的推动的,一直到今天,应该说我个人在文化产业方面的学术历程和北京市在文化创意产业、文化产业,包括现在的艺术经济、艺术产业发展方面是同行者,也算是学术意义上的见证者。确确实实,这方面的政策力度非常大,这也使得北京市不仅文化产业发展处于全国高质量发展的前列,而且在各项文化发展领域在全国、在国际上都处于领先,有巨大的影响力。

2. 投资驱动。可能各位在最近感受不是很深,但是放疫情之前的数据来看,2017 年至 2019 年,全国的文化产业投资规模北京占其中的半壁江山,占了一半,就是一半的投资,文化产业的投资是发生在北京的。我们这儿还是北投的地方,所以资本驱动也是一个关键力量,资本非常看好北京的文化产业发展。

3. 科创融合。这一点我们前面已经说得很多了,文化产业的发展,现代文化产业的发展一定是基于科技的不断创新迭代来共同推进的。现在文化产业固然内容为王,但是整个文化产业的发展一定是科技推动。

4. 人才支撑。我相信通州未来如果要真的在"演艺之都"这个方面做得更好,首先是要聚集和吸引更多的人才、优秀的人才,这毫无疑问是最核心的力量。之所以习近平总书记最早叫文化经济学,现在他特别提人文经济学,我看新华社的解读里面特别强调人的重要性,人的意义,人的价值。

5. 园区承载。北京是全国产业园区最丰富,也是集聚度最高的地方,现在市级园区实际上审批的是 97 家,现在还在不断地在这方面做。文化产业园区是文化产业乃至文化繁荣发展最最重要的一个有效的支撑手段、支撑平台,因为现代产业的发展一个特点就是集聚化,而且文化产业园区不仅集聚产业也集聚人才,同时它也成为创新最重要的孵化器。而另外一方面,文化产业园区也具有很强的艺术效应,综合的创新溢出,还有投资溢出,毫无疑问还有消费溢出。所以文化创意产业园区往往既是企业的集聚地,也是文化消费的品牌区域,另外一方面还是文化产业相关人才最富集,而且具有高度溢出性的区域。北京在这方面也做得非常优秀。

总体来看,北京作为全国文化中心,如果从人文和经济两个维度来看,我们要有这样的自信,也要自觉地沿着这个方向来做,这是北京的使命,也是文化强国建设最需要北京去做的事情。

魏鹏举 中央财经大学文化经济研究院院长、教授。

时空接轨：构建富有意义的"演艺"生活世界

——基于北京副中心打造演艺产业集聚区的思考

秦　勇

2023 年，北京市政府工作报告中提出打造"演艺之都"的目标。这是首都北京城市功能转型的一大举措，也符合 2008 年奥运会时北京提出的"人文、科技、绿色"的理念。同时，我们看到上海、深圳、杭州等一二线城市都提出了类似的建设目标。当然，从演艺的数量看，有业界人士说，单以北京的小剧场演出为例，其数量就比北京之外的全国小剧场演出数量总和还要多，而且北京还有国家大剧院、首都剧场、长安大戏院、梅兰芳大剧院、天桥艺术中心、保利剧院、北展等国内顶级的演出场所，所以就国内而言，北京事实上已经可以称作演艺之都。但放眼世界，距离伦敦、巴黎、纽约这样的世界性演艺之都，我们又不得不承认北京在演艺产业上尚有一定的距离。在北京市政府整体搬迁到北京副中心之后，北京副中心无形中成了打造北京"演艺之都"的核心区与动力区，打造"演艺之都"既要考虑北京既有的演艺产业现状，又要几乎从无到有地筹建北京副中心的演艺产业构架。鉴于此，以北京副中心演艺产业发展为思考重点，我认为打造演艺之都，不应单维度地发展演艺产业，而应与文化生活融合，建设一个兼顾社会效益与产业效益的"演艺"生活世界。

"演艺"是一种典型的传达意义的艺术产业门类。无论话剧、歌剧，还是音乐、舞蹈或其他形式的表演艺术样式，都在以一种美的形式传达一种意义取向。演艺产业事实上是一种意义产业。[①] 意义既连通着演艺产业与现实生活，也连通着过去与未来的时空，不仅是人们生命活动的指向，也是演出艺术的生命力源泉。打造"演艺之都"，在某种意义上，就是在构建一个富有意义感的生活世界。当人们充分感受到演艺活动的文化意义时，把参与演艺活动消费视为消闲生活的一部分时，演艺的产业效益顺理成章地成为伴生效益。

从意义经济的视角而言，以北京副中心为中心，打造富有意义的"演艺之都"，具体说来就是以意义感为表征，从空间与时间层面接续北京与京津冀乃至全国的演艺产业，接续文化传承与产业实际，接续非功利的艺术世界与功利化的生活世界。

一、凸显意义感，构建跨空间的演艺"氛围"

意义这个词有多种涵义，既可以是"meaning（意思）""significance（价值）"或"importance（重要性）"，还可以是"sense（感觉）"等。

---

① 笔者陆续撰写了两本文化产业研究著作，都是从意义的视角来思考文化经济的定位，论证了一个核心观点，即文化经济或者是文化产业本质上是意义经济或意义产业——参见拙作《意义的生产与消费》（北京：首都师范大学出版社，2017 年）、《意义管理》（北京：光明日报出版社，2022 年）。

"sense（感觉）"是常被人忽视的一种重要的意义内涵。让-吕克·南希等哲学家就曾联系感觉来谈意义。意义是由"意义感"而生,富有意义的感觉是意义生成的基础,在广义上,意义感也是一种意义。感觉直接影响人们的情绪。富有意义的感觉往往是围绕人们的情绪"氛围"来获取。打造演艺之都,首先应该打造一种匹配演艺之都的艺术氛围。这种氛围就和天气一样,可以是局部的或中心区域的,也可以由局部的、中心的高气压天气生成一股席卷周边时空乃至全球的气流。流行文化中所谓的"韩流""日流",正是这种诉诸感觉、感官的流行文化"氛围"的隐喻。天气是变化的,气流是流动的,"氛围"的中心区域与周边区域之间的气流也是循环往复的。这种被中心区域"氛围"影响的时空范围越大,说明中心区域的"氛围"气压越强烈,影响到的范围越大,说明其他低气压区向中心核心区循环往复的作用力越大。感觉是变化的,氛围是流动的,时空是膨胀的——只有膨胀的时空才说明事物是向上生长、发展的。

打造"演艺之都"要重点打造能够产生富有意义感、艺术感的核心区。这个区域哪怕是一个点、一个面,都有可能产生影响全局的旋流。以北京小剧场演出为例,当年"戏逍堂"一部商业话剧《有多少爱可以胡来》(2006)带火了北京人艺小剧场,也带火了北京民营小剧场演出,在青年人中促生了北京小剧场演出与观赏的潮流。当年的"木马剧场"也曾因为几部出彩的话剧,如《驴得水》(2012),带火了朝阳区百子湾苹果社区,使该社区成为文艺青年的集聚地。① 可惜,亮点的东西、能产生集聚效应的东西,由于过度分散,经典剧目缺乏演出持续性,并没有由此产生出集聚效应,并没有因此打造出北京的"西区"。相比伦敦"西区",差距明显。伦敦西区仅一两平方公里的范围内,集中了几

---

① 李龙吟：《谈谈北京民营小剧场》,《中国戏剧》2016年第11期。

十家知名剧院，很多剧院常年上演的其实都是曾经火爆一时的经典剧。如安德鲁·劳埃德·韦伯创作的音乐剧《猫》，自从 1981 年在新伦敦剧院首演以来，直到今天都是保留演出剧目。伦敦"西区"剧院云集，创造出来很好"艺术感"，产生出良性的溢出效应，也使伦敦"西区"成为知名的步行旅游景点。

伦敦"西区"的交通很方便，在城市核心区，地铁直达。从考文特公园地铁站一出来，周围的"氛围"即刻会给人一种进入百年前伦敦艺术街区的感觉。沿街有古香古色的建筑，有打扮得很"艺术范"的边说边走的文艺青年，有抬眼可见的各大剧院的招牌与即将上演节目的招贴海报。伦敦"西区"虽然剧院林立，但很多剧院规模并不大，剧场门脸很小，等候入场或中场休息时，大多数观众都会在剧院门口的咖啡店买杯咖啡边等边喝，看完节目后，很多观众会选择去附近酒吧，边喝酒边聊天，谈论自己对所观看节目的感受。这种"咖啡馆效应"放大了演艺节目的口碑，更是营造了一种温馨、文艺的"氛围"感。观众成为一道风景。游客似乎也可以从中感受到观众的情绪。有研究者统计有每年来伦敦旅游的游客中，大约有 18% 的游客是为看伦敦"西区"演艺节目而从外地专程赶过来的。同样，也有相当比例的游客在游览伦敦时，会选择顺带观看"西区"的演艺节目。

相比伦敦"西区"，北京演艺街区的集中度相对偏弱，艺术的"氛围"感觉似乎被小吃、公园、景点的"卖点"冲淡了，而作为北京副中心的通州地区其演艺产业的基础相比东城、西城这样的老城区更为薄弱，要生成艺术"氛围"感，也更为困难。北京副中心剧院、台湖演艺小镇，这样的标志性地标，建成时间尚短。通州地区仅有 184 万常住人口（2022 年统计），其中即使有 10% 的人口是演艺节目观众，也难以承担拉动通州地区演艺市场的重任。北京副中心要构建演艺中心，需要生成一种浓郁的艺术"氛围"，具体说来：

其一,要培育"爆款"的演艺产品。无论是自生的,还是引进的,这是产生"氛围"的"高压点"。有专家建议通过"文化基金的进一步扶持、税收的定向减免、金融+文化系列工具定向支撑等",资助"首演"。[①] 演出的节目种类繁多,创新、创意突出,出现"爆款"的几率自然会增加。此外,演艺作品没有"过时"之说,曾经的经典作品再度上演,同样会引燃观众的观看热情。

其二,需要接轨北京既有的演艺资源,引流既有的观众群体。建立演艺集聚区,需要引流观众,便利的交通有利于加速引流。伦敦"西区"处在城市的核心地区,历史悠久,而且有地铁直达,去伦敦"西区"骑行也很方便。相比去北京东城区南锣鼓巷的剧场胡同,来通州演艺小镇的交通成本、时间成本会更高。而且北京地区的演艺观众已经形成一些零星的聚集中心,如何引流、转移他们的兴趣点,是个难题。历史上"通州"的重要价值在于货物的"通",今天作为北京副中心的"通州",其"通"的不应仅是物流,也应是游客流、信息流、意义流。通州构建的演艺集聚区,其交通应该便于地铁、公交、骑行甚至步行的通达,其演艺信息应该能同步传播至全北京、全京津冀乃至全国各地。

其三,要接轨京津冀地区的演艺资源,引流京津冀地区乃至全国的观众群体。随着京津冀一体化的发展,北京出行去天津、河北等地区越来越容易,同样北京、河北乃至全国其他地方的游客来北京也越来越方便。有大量游客会顺带地观看旅游点的演艺节目。如何将演艺产业与旅游产业结合,是一个正相关的课题。2023年中秋、国庆期间,北京有游客1 187.8万,演艺观众是55万人次,观看演出的观众仅占游客总数的4.6%;如果粗略地按照18%的比例计算,观众人数应该达到213.8万。同年,在中秋、国庆期间,通州吸引的游客数量仅33.98万人次。

---

① 程铭劼、赵博宇:《建言:"演艺之都"》,《北京商报》,2023年1月17日。

随着旅游与演艺产业的发展，通州吸引的游客数量应该还有更大的上涨空间，至少能将北京游客的大部分引流到通州，只有引流才会进一步促进通州演艺产业的蓬勃发展。①

二、"演艺+科技+文旅"，接续跨时间的意义流转

北京是一座富有人文感的城市，历史文化资源极其丰富。这也是北京吸引游客的重要原因。相对于其他具有丰富历史文化资源的城市，北京又是一座引领科技发展的城市。它不仅有全国最大数量的人才储备，也有布局最为全面的科技行业，城市中更是充满了科技景观。"人文"与"科技"当之无愧是北京的城市魅力所在。从时间维度上看，如果说历史文化资源指向过去，科技指向未来，在过去与未来之间则需要一个接轨的媒介，以便更好地提升城市文化形象，增强文化产业竞争力。演艺产业在一定程度上可以完成这一任务。

演艺产业既是传达人文意义的文化产业，也是演绎文化的虚拟艺术形式。这种虚拟形式可以古香古色地模拟过去、再现历史，也可以科幻感十足地制造幻象，指向未来，更可以通过全息、VR 等技术，融合过去与未来，把现实与历史、未来融合在虚拟景观之中。正如电影艺术一样，在 2D 技术时代，它是让观众沉入梦幻的"造梦"艺术，在 3D、4D 技术时代，它可以成为使观众身临其境的"造境"艺术。演艺业同样既可以"造梦"，也能"造境"。对传统的戏剧、话剧、音乐、

---

① 相关数据参见李洋：《双节北京接待游客 1 187.8 万人次》，《北京日报》，2023 年 10 月 7 日。

歌舞、曲艺的欣赏,需要了解一定的历史文化背景,有一定的专业解读门槛,传统艺术的观众往往是"发烧友"型的粉丝,具有小众化的特点。只有在形成集聚效应后,传统演艺艺术才能在一定程度上提升对非粉丝观众的吸引效应,然而,这种集聚效应的形成往往需要较长的周期。借助现代科技手段的实景演出,连通过去与未来,用科技幻境呈现历史文化资源,能在短时间内有效吸引非粉丝的大众游客。当下文艺演出观众的主流人群是青年群体,他们大多是"90后""00后"的一代。相比传统文化资源对中老年群体具有的吸引力,青年群体的成长经历注定他们对幻想类内容、科技感的呈现更感兴趣。如果能够"演艺+科技+文旅",把演艺形式、科技手段、历史文化资源相结合,对最大多数的观众和来北京游玩的游客都会产生吸引力。例如实景演出"印象刘三姐",它能把大量的桂林游客吸引到阳朔,与科技感的融入不无关系。

当然,科技元素可以融合在任何演艺形式之中。比如在北京延庆世园公园举办的"宇宙岛音乐节",两天内吸引了四万观众。它把音乐艺术与科技主题展现及科幻感的呈现融合起来。它设计了"音乐表演舞台"与"艺术展示舞台"双舞台。"艺术展示舞台"又分为"虚""实"两个部分。实体舞台模仿火箭发射台的造型;虚拟舞台则将科技、艺术、音乐三者结合,在28米高的实体装置舞台的上空,悬浮AR"巨型飞碟",并随着展演舞台的演出形式变化而不断变换科幻模式,为到场观众提供虚拟与现实创新交互的科技艺术体验。此外,在音乐节会场还提供了航天、宇宙主题装置展览活动,包括展览了"长征三号乙"运载火箭残骸原型等。①

---

① 李丹萍、郭韶明:《以航天为主题　宇宙岛音乐节在京举办》,《中国青年报》,2023年10月1日。

作为北京副中心的通州地区，同其他老城区一样，拥有丰富的历史文化资源与人文景观，由一条运河（大运河5A级文化旅游景区）、一条古道（京杭大运河古道遗址）、三座古城（通州古城、路县古城、张家湾古镇）以及"三庙一塔"（文庙、紫清宫、佑胜教寺、燃灯塔）勾画出古城遗貌，凸显出富有古韵的文化意义感。相对于现代都市环境，演艺产业更适合在古香古色的环境中"造境"，尤其是表现传统文化内容的演艺节目，更容易让观众产生怀旧之感。通州地区同时还有设计小镇、艺术小镇、智慧城市产业工业园区，拥有科幻感十足的环球影城，其背后还依托着北京市区数百家高校、科研院所以及相应的科技研发机构。这些充满现代感、科技感的环境与发展科技的软硬件条件，能为演艺产业融合高科技手段，接续未来，创造各种可能。

通州地区作为"文旅"目的地，目前最吸引人的也正是能连接过去（例如古运河遗迹）与连通未来（例如环球影城）的独特优势。演艺产业应该融合科技手段，发挥接续跨时间的意义流转的功能，一边通过创意将历史文化资源不断以新面貌呈现出来，一边以现代化的科技手段让创意展现出更具时代意义的魅力。在伦敦"西区"，莎士比亚戏剧是经久不衰的主打节目，各类小剧场既上演原汁原味的传统莎剧，也有不断融入现代科技甚至科幻元素的创新莎剧，而后者对年轻人的吸引力更大，更具有时代感。北京的演艺产业要超越既往的经典演艺历史，需要融合更多的科技创意元素，需要接地气地挖掘历史文化资源，并用现代科技手段进行传播。通州地区需要这种能连接过去与未来，交融历史文化资源与科技创新的"爆款"演艺节目来打开构建"演艺之都"的新局面。

三、指向生命意义,接续艺术世界与生活世界

意义是由感觉到理性,同时也是由理性到感觉的意义。意义感的获得不能脱离生活世界基础。在传统意义上观看文艺演出,某种程度上是离开自己的生活空间,进入到一个相对封闭的艺术空间之中。无论捕捉到的意义停留在过去、现在还是未来,似乎都只存在于艺术空间,脱离艺术空间,文艺所带来的意义往往就消失殆尽。但现代社会的发展趋向是虚拟与现实融合,尤其是在5G、6G时代,景观、镜像必然成为现实的组成部分。艺术作为一种虚拟,其边界与现实正在消融。马克思说过人按照美的规律来建造。未来的生活必然是生活审美化、生活艺术化的发展趋向。演艺产业要获得长久的生命力,要持续不断增加观众数量,必须融入人们的生活世界,成为打造审美化、艺术化生活的一部分。

打造演艺集聚区,其实也是在打造艺术街区。艺术街区虽然要营造出世脱俗的艺术氛围,但也不能全然脱离生活世界。当地居民没必要远离演艺集聚区。例如在伦敦"西区",居民楼、小商铺与演艺剧场就交替矗立。周边的老百姓、观众、游客与演艺人员一道,构成了艺术风景线。如何让生活在艺术街区中的人群,既生成一种艺术格调,又保留生活感、生命力,是个难题。比如,从焕然一新的面貌上看,北京前门大栅栏的改造是成功的,但就其与生活世界的融合度来说,它又是失败的。高端、奢华的定位隔离开了老百姓日常生活的"烟火气"。游客们虽然络绎不绝,但也仅仅把前门"老字号"当作照相打卡地而已。前门大栅栏成为一种摆在橱窗中的历史文化展示,而不是与现实生活融合

的意义流转。老北京四合院改造面临同样的问题，维修得越来越好看，但生活世界的生活感、生命感可能在日益消失。

演艺产业的观众并非仅来自艺术街区，各个生活社区艺术氛围的培养对演艺产业的发展都有重要意义。演艺所承载的意义内涵是多义的，既有表现主流意识的主导意义，也有表现文艺青年艺术追求的前卫意义，更有表现大众现实的生活意义、生命意义。社区文化生活具有一定的单调性、贫乏性。相对于高端、精英或经济效益显著的演艺产业，也存在着相对低端、大众或效益不显的演艺需求。例如，社区的"亲子"类型的演艺活动，常常能吸引三口之家参与。大多数退休的老年人既有时间又有艺术消费的需求，从老年人踊跃报名老年大学，参与老年文艺活动，可见一斑。但由于消费习惯的影响，老年群体很少会动辄花费几百、上千元去观看小剧场、音乐会等演出。如果演艺产业通过发展集聚效应，能够推出融入社区的亲民演出，让非粉丝类型的观众能以较低的票价看到不错的演艺，从为演艺产业培育可持续发展的潜在观众层面来说，意义并非不重大。在伦敦"西区"，笔者曾在小剧场观看了英国著名演员汤姆·希德勒斯顿（中国粉丝习惯称他为"抖森"）主演的莎士比亚话剧《科利奥兰纳斯》，现场座无虚席，我坐在前排和该剧的导演挨着，但购买演出票的花费折合人民币不到一百元。这和北京几百元甚至上千元的小剧场演出票价，上千元甚至上万元的音乐会票价相比，差异明显。前者显然更亲民，也更容易培养出演艺的粉丝观众。正因为如此，伦敦老百姓普遍有看戏剧演出的习惯，而这种习惯也进一步支撑了伦敦"西区"持续发展。

演艺世界向生活世界融合并非单向的，生活世界也需要开放性地兼容演艺世界。演艺团队可以"走出去"，地方社区也可以"请进来"。很多演出活动的主要成本支出是场地费，而北京地区比较完善的社区大多有社区活动中心，北京有93所高校，每所高校都有学生演出场地，甚至很多中学也有不错的礼堂,北京还有数量庞大的国有单位礼堂,其中不少处于闲置状态。这些闲置或间歇闲置的活动中心或礼堂都可以成为北京演艺场所。① 演艺活动下沉,通过与社会基层单位或社区合作经营,向老百姓提供一定的演艺公共福利。这样既能活跃老百姓的休闲生活,让老百姓以较低价格欣赏到较高层次的演出,也可以间接地获得一些演出收入。如果专业演出团队缺乏参与的积极性,相关管理部门也可以鼓励业余的民间演艺团体(比如高校的学生演艺团队)在基层巡回演出。我们不能指望这类演艺获得较高的收入,它的目的在于长远,在于为北京演艺产业培养观众土壤,在于逐步提升观众的欣赏水准。演艺活动只有融入老百姓的生活世界,成为日常生活必不可少的一部分,演艺产业才能获得生命感,才能有持续的生产力。

秦 勇 首都师范大学文学院教授。

---

① 李龙吟:《谈谈北京民营小剧场》,《中国戏剧》2016 年第 11 期。

北京推进"演艺之都"建设的内涵思考

胡　娜

对于到底什么是"演艺之都",或者我们对"演艺之都"的期待是什么,我们看到很多文件里面提出要有精品、要有大戏,还要打造首演之都,现在很多城市也是以这三个作为"演艺之都"的建设标准。除了这三点以外,还有三点也十分重要,甚至是说在现在来看"演艺之都"的建设这三点它有无可取代的重要性:1. 艺术与城市的关系;2. 艺术与生活;3. 本质上反映的是艺术与社会。

今年演艺产业的发展趋势,原来我们演艺行业是个小行业,因为从对国民经济的贡献来说,从全世界范围来看,演艺产业都不是一个大体量的产业,但是这些年有四个很明显的变化:

1. 跟着演出去旅行。特别双节以后,我们各大媒体报道的标题都是这几个字。包括今年行业协会公布的数据,包括对外的一些报告都能看出演出带动跨城观演和文旅消费这样一个精彩的数据,所以刚才其实很多专家都讲了 TFboys 演唱会,除了单场的票价以外,它很重要一点是带动了西安 4.16 亿的旅游收入,我们看到,无论是音乐节、演唱会,还是舞台演出,其实都起到了带动跨城观演的作用,这是第一点。

2. 演艺新空间的崛起。我知道台湖镇也有很多新空间的项目或者未来即将挂牌,这也是疫情后的新变化。

3. 演艺带动文旅融合。它不是传统的旅游演出或者驻场演艺,它更多讲的是一种新业态的文旅融合,这个是在疫情防控期间就已经在出现的,比如说文旅部公布的这些新场景新消费里面,像西安的一系列项目,包括像廊坊刚刚开业的"只有红楼梦",从这些项目会看到它都是一种新业态文旅,它不再是传统的驻场演出或者旅游演艺的概念,它和技术和场景和消费和演艺集群有了更多关联。

4. 数字化与双演。其实新视听跟演艺之间它是一个很好的关联的连接点,因为我们演艺提供的是人的东西,但是视听是最好的媒介,特别是新视听,它是媒介、是功能,所以我觉得通州未来如果把新视听和演艺,包括宋庄的艺术小镇结合起来,再加上张家湾的设计,因为我对通州也比较熟悉,能够结合起来的话,那么我觉得一定能形成我们通州的优势。所以我觉得数字化与双演这个也是我们2023年一个很明显的变化,包括文旅部也刚刚公布了一批数字化的项目。

在这里我们要说一下,就是"演艺之都"的建设需要立足城市区域的定位,还要关注文化资源的挖掘,像伦敦西区、百老汇、上海、西安,你会发现这些地段或城市在打造"演艺之都"的时候,都有自己不同的定位和品牌,比如说西安它就会更强调文旅融合,或者以旅游特色的演艺,这是西安的一个特点。那么上海的"演艺之都",当然它的定位可能跟我们的定位有所不同,但是也形成了一种上海的模式和上海的探索,所以我们现在几乎两地经常在相互学习,我也刚刚从上海调研回来,跟他们演出行业协会会长有一个比较生动和面对面的交流,包括也聊了一下北京的演出行业跟上海那边大家一些不同的理解,你会看到不同的城市它在建设"演艺之都"的过程中,无论从国际城市来看还是国内城市来看,其实都应该没有同质化的竞争,相反都应该立足自己城市的定位去找自己的特色和优势。

那么北京的特色和优势是什么？我觉得一定要紧密地围绕四个中心,虽然有些时候,特别这些年在讲"演艺之都"建设的时候,可能对标一些城市,觉得北京的这种创新性、活力相对来说没有那么彰显,其实回到每一个城市它的文化建设的定位,一定跟它城市的总体定位相关,所以我想讲北京四个中心的定位,还不仅仅是文化中心,以前讨论"演艺之都"可能更多是从文化中心的角度,其实把"演艺之都"放在四个中心的定位里面去思考,它不仅仅是文化的事。

同样,要看"演艺之都"与全国文化中心建设的关系。简单分析一下北京的资源基础和资源优势,其实刚才魏老师是用数据,特别是经济上的数据证明了北京的优势。我就感性地分析一下北京在文化艺术领域的优势,首先有高水平的艺术创作能力。同时我们还有丰富的演艺内容供给,根据北京市文旅局的一个数据,到 2022 年 12 月底,北京有745 家表演艺术团体,当然这里面包含国有的、民营的,同样比如说北京现在的剧场有 199 家,还不含很多新空间,其实这些都是北京丰富的演出资源和演出基础。同样,北京还有一个全国独一无二的优势,就是今天在这儿能够汇集这么多优秀的艺术院校的机构还有研究者们,这一点是全国任何一个城市都不具备的。所以今天在北京艺术产业研究会这样一个成立,我觉得是件特别好的事,它为我们"演艺之都"的建设提供了一个智力支持,而这也是北京区别于其他城市最重要的优点之一。所以我们会看到这是北京的资源基础。

我很快速地说一下我主要的观点,希望会后有机会跟大家深入讨论。从"演艺之都"的建设看,从对行业的调研来看,我觉得有以下五个方面的认识是需要适当突破的:

1. 连接产业链全要素,关注生态建设。首先为什么要连接产业链全要素呢？很多时候政策制定可能会为了治头疼就针对头疼来开药,就跟中医一样,头疼的问题肯定不在头上面,很多时候要放在一个产业链的逻辑里面去思考问题,我们要出艺术精品,不是只从艺术创作角度就能激发的,它还有相应的艺术激励制度的建设、艺术人才梯队的培养等,包括相应的剧院、演出资金的支持等,所以这是一个全产业链的问题。

其次是要处理好生态建设的问题,因为这些年其实国家越来越强调文化治理,包括最近一年演出市场非常繁荣,所以治理问题相应越来越凸显。那么在这个过程中生态的关注其实就是政府要去思考用哪些方式才能帮助行业真正有抓手。在我们"演艺之都"建设相关的文件里面也明确提出了生态建设的问题。

2. 创作生产与经营传播并重,更加深刻地理解以演出为中心。为什么这么说?因为分析了北京的资源优势以后,就发现北京和上海有一个不同在于,上海涵盖的类型从艺术到娱乐都有,但是北京可能是因为有了太多的高端的艺术的供给,所以说就会让其他的业态显得没那么丰富。那么在这个时候,对于这种情况,很多时候我们在想高端的艺术供给,特别是国有院团或国有艺术企业,北京有大量的央企和国企,央企和国企是好事,但同时它们特别是国有文化企业也可能面临着竞争性急需提高的问题,其中在认识上就是加强创作生产与经营传播并重的理念。

3. 关注消费对供给的牵引,强化受众导向。原来艺术创作更多是从希望创作端和供给端去考虑问题,但现在这个时代发生变化了,就是消费者的话语和影响力,这是时代的变化也是现实的需求,要关注到消费对供给的牵引。这一点可能对于很多的艺术生产团体来说,他是一个扭转认识的过程,因为在北京很多人还是以传统的艺术创作为主体,并不是说艺术创作不重要,它永远是我们演出产业或者演艺产业的根本和核心竞争力,但是很多的选题也好、规划也好,应该提前关注到消费的需求,特别是青年消费者的需求,现在 90 后、00 后才舍得花钱,这个情况不仅在中国,现在全世界的调研都是这样,特别疫情以后。像我们这样三四十岁的中年人对消费越来越紧了,因为大家都上有老下有小,只有年轻人愿意花钱,所以强化受众导向,特别我觉得北京需要关注青年消费,这一点包括对文艺院团来说,因为以前可能多往精品去想,但是对青年消费包括新业态的崛起和出现关注得稍微少了一些。

4. 关注文脉的挖掘,文化资源的转化和 IP 打造。作为一个通州人或者大半个通州人,其实我也很关心通州的发展,通州有丰富的、悠久的历史,有大运河文化带,当年我在环球挂职的时候,也是正好负责环球主题公园全产业链规划,当时最纠结的一个问题就是北京的文化资源怎么样更好地放在一个国际的主题公园里面去,其实在这样的背景下,我觉得通州也好,包括北京,应该更强调文脉的挖掘和文化资源的转化和 IP 打造,特别现在强调要从中国制造到中国创造,同时我们的音乐剧也在从国外的演出引进到中国原创音乐剧,其实这些都需要文脉的挖掘。所以刚才像各位老师讲到的国潮国风的兴起,更是给了这样一个文化资源转化的信心和动力。

5. 引领创新。我认为创新至少要有三个层面的创新,第一是作品或者是产品的创新,对艺术家来说它是艺术作品,对于我们做文化产业或者艺术产业来说,可能要放在产业视角下,或者文化产品供给的体系里面去考虑,它是产品的创新。第二是空间运营的创新,从上海的演艺新空间到北京市今年刚刚公布了第一批空间培育的 15 家单位,还有未来即将挂牌的机构。第三是商业模式的创新,因为原来演出行业其实比较单一的都是靠售票,最多加一点演艺文创作为我们主要的营收方式,但是这种方式其实无论从经济的贡献还是对周边的带动来说都是有限的,所以现在参与到这个新空间的空间培育项目评选里面,会特别强调商业模式的创新,可能这个空间不是一个新空间,但是它的商业模式有了创新和突破,这一点是特别鼓励和倡导的,这也是北京在做空间培育的时候不同于上海的。

最后一点,挖掘"演艺之都"建设的时代内涵,需要守正创新,其实北京无论做艺术、做娱乐,还是做艺术产业,我觉得都应该把守正创新这四个字做好,探索演艺产业发展的北京经验,希望在通州,希望在台湖能开出花、结出果。

胡　娜　中国戏曲学院艺术管理与文化交流系副教授。

再造与链接：以"文化大院"构建乡村内源型演艺业态的路径

丛志强

确实一开始接到这个论文有点蒙，我就是一做村子的，但是后来一想，"演艺之都"也好城市也好离不开村啊，离了村怎么能称"都"呢？所以后来回忆梳理自己的实践，因为这些年一直在浙江做乡村，而且还真梳理出来里边有，而且现在也特别关注，所以我的题目就是以文化大院构建乡村内源型链接业态的一个路径，更多的源于自己乡村实践的一些总结。

所以说我要是讲演艺呢其实不专业，因为我在乡村更多的是在做艺术乡村、设计乡村，主要还是面对村民的"等靠要"，然后就是要做设计赋能村民，村民振兴乡村。那么在做的时候，一开始是关注手工艺，特别关注做手工艺的村民，但是后来做完之后，来了很多游客，然后发现他们不只是买产品，他们还很喜欢看村民做手工艺的那个过程，所以就有点演艺性、表演性了，后来就开始重视乡村内源的演艺，然后成为我在做振兴乡村里面的一个模块。我做每个村子，甚至做每个村子里一部分的时候一定会有一个小演艺。

做了之后发现它对文旅的带动非常大,对文化、对产业人才带动也非常大,后来2020年被浙江省评为十大振兴模式之一的文化深耕模式,浙江省政府一共确定了十大振兴模式,后来做的村子也获得了浙江省的美誉示范村,宁波七部门专门对做的这些经验出台了一个政策全市推广。

当然也有其他的一些带动,这个演艺很小,但在村子里面它的价值非常大,比如说我做的村子里面来的游客超过两百万人,带动社会资本的投资超过五个亿,一开始他们去拉人家来投资,人家不愿来,我就和政府一起先种棵梧桐树吧,先做点有吸引力的,投资就来了,超过五个亿。

到底内源型的演艺业态是什么?其实通俗地讲就是从乡村内部长出来的一个演艺的业态。乡村内源型演艺强调基于乡村内部的资源要素创新再造和村民参与的理念,主张依靠乡村内部资源来开发演艺产品和演艺空间,培育村民成为内生性演艺主体的演艺业态。和从外源式的比如说送戏下乡不太一样,它有三个很重要的特征:

1. 演艺产品,充分挖掘乡村内部的演艺资源;

2. 演艺主体,培育村民为演艺主体;

3. 演艺空间,将村内闲置空间改造为演艺空间。

这是浙江宁波的一个茶文化村。在这里做了一个大茶碗的舞台,一开始这里是村里堆垃圾的地方,后来想利用在这么好的地方做点什么,一开始没有说去专门做个演艺,但是做完之后慢慢地游客来打卡的很多。也就是说演艺空间真的是荒地里面出来,堆垃圾的地方、茶文化、茶道资源都是演艺资源。

所以内源型演艺就是这些,那么它能不能去实现,有它的动力还有它的条件。一个自动力,家庭增收、村民的价值感,其实这一点特别重要,因为我之前去过向老师的老家,我觉得他给他老家的村民带来巨大

浙江宁波市宁海下枫槎村的茶碗造型的茶道表演舞台

的一个价值，就是这个村子村民的价值感，自身的价值感提得特别好，我觉得这一点太重要了，中国的老百姓、中国的农民太缺这个了，当他的演艺还能赚钱，还能传承自己乡村的文化，他的价值感会很强。还有村集体，村集体增收，尤其是经营收入是非常重要的方面。包括文化活力。当然从它的动力，外部来讲呢，对于现在的游客来讲，文化性消费确实是游客越来越看重的。

当然习近平总书记也多次强调双创，实际乡村这么多的演艺资源本身就是优秀的乡村文化，它本身就是符合现在要去做的。

那么具体怎么做？它的动力是什么，条件是什么？我把我的经验总结了一下：

1. 运营前置。我做村子都是运营前置，因为很多村子做完之后，投了钱做得真好，两年死了，为什么？运营不行，所以一定是运营团队摆在第一，先把运营团队确定好；

2. 挖掘村庄演艺资源和人才；

3. 由运营团队与演艺导师共同将挖掘出的资源进行创新再造，将开发的演艺产品教给村民；

4. 将演艺产品与其他文化业态和商业业态链接，创建文化大院；

5. 运营团队进行推广、引流等，并适时更新。

"文化大院"是什么呢？我有一个比喻，就是你把学生培养好了给他找个工作，因为毕竟是老百姓，他不是演出公司或者演员，如果你教会了老百姓就不管他了，也不行，这就是"文化大院"。文化大院是指文化业态与商业业态的融合场景。具体是指整合村内连片闲置非农用地（如宅基地、广场等），同时打造具备演艺、展览、体验、创作、学习、交流等文化功能的文化业态（如演艺馆、美术馆、手作馆、书院）和具备商业造血功能的商业业态。文化大院需根据村庄特色文化确定主题。"文化大院"里面其实我在做的主要有四类，有演艺业态还有其他的文化业态，它是综合体。然后有社会商业业态，"文化大院"里面有咖啡，有烤肉，还有其他的，看这个村子的需要，还有村民商业业态，村民在这里面要有他的创业，要有他的业态。

当然，除了给村民的演艺、内源型的演艺找到一个好的平台，做"文化大院"其实还有其他原因。

1. 单村资金短缺，目前一个村子投资还是短缺的，一个村子投上三千万、五千万，但你整村开发来讲还不够，那就不要撒胡椒面了；

2. 便于运营造血，现在北京也在提运营，但是目前整村运营还达不到，所以我就先运营一个"文化大院"；

3. 吸引社会业态，其实来农村创业指的是外面的人来创业，更多社会创业者喜欢聚集创业；

4. 游客集中体验，多数游客不是满村逛，而是集中游。

这是我梳理的，就是把演艺放到整个"文化大院"的体系里。

最后，以文化大院构建乡村内源型演艺业态的价值有以下几点：

1. 赋值乡村演艺资源：既服务村民文化生活，又助力增收创富；

2. 激活村民内生动力：借演艺赋能村民，积极参与乡村振兴；

3. 盘活村庄闲置空间：闲置空间转变为演艺空间、文化大院；

4. 满足游客多元需求：尤其是地方感体验和文化消费；

5. 吸引社会资本业态：内源型演艺和文化大院的引流能力吸引；

6. 激发村民庭院创业：老百姓看到有人流，能赚钱，会变得有意愿。

丛志强　中国人民大学艺术学院副教授。

演艺小镇建设进展及发展思路

古　剑

首先感谢活动组委会对演艺产业的关注,同时我代表台湖演艺小镇欢迎各位领导、专家到演艺小镇指导工作,前面几位老师的讲话内容对演艺小镇的发展都有很大的启发。

我先给大家介绍一下台湖的情况,台湖位于通州,京津高速将其分成了西南和东北两个部分,高速路的东北方向是 35.6 平方公里的演艺小镇区域,西南方向是 41 平方公里的通州区与经开区的协同发展区域,这 41 个平方公里是亦庄新城的扩城范围,所以这个区域的工作是受两个区管理的,这也是我们镇区别于其他乡镇的地方。演艺小镇西侧挨着朝阳区,南侧挨着经开区,东侧挨着张家湾镇,这就是小镇的大体情况。

通州区有 11 个乡镇,其中台湖镇经过城镇化和产业发展,整体的经济基础比较好,在乡镇中排名前列。北京市一共有 5 个特色小镇,通州副中心一共有 3 个,台湖演艺小镇就是其中之一,演艺小镇现在也列入副中心发展规划,在市委、市政府的推动下,这几年有了长足的、快速的发展。

下面我为大家介绍一下台湖演艺小镇的几个优势：

1. 副中心的高质量发展带来的优势。确立副中心后，高端的要素，特别是产业方面快速集聚，区委、区政府的领导高度重视。尤其是小镇紧邻环球影城，这个重要项目的运营给我们带来了很多发展红利。

2. 通州区与经开区协同发展的红利对演艺小镇的建设有很大促进作用。经开区作为国家级园区，同时作为北京市落实高精尖产业和科创产业的高地，产业质量非常独特。

3. 领导高度重视，统筹部署。蔡奇书记在北京时每年都会到演艺小镇进行调研，同时根据发展现状部署工作，尹力书记也来到演艺小镇进行过两次工作指导。服务中心管委会还建立了演艺小镇的理事会，对小镇的工作高度统筹。

4. 数字基础制度先行区的建设，这与台湖的发展非常契合。

以上是一个基本介绍。

第一个方面，在控规调整的背景下，台湖演艺小镇将通台路作为现阶段的产业发展轴线，以国有存量用地利旧为主，实现产业落地。另外小镇也在大力推动基础设施建设，主要以路为主，通过路网的建设彻底解决此区域水电气暖等问题。

第二个方面，作为演艺小镇的投资主体，北京北投文化旅游有限公司正在以更新的方式进行生产。演艺小镇目前一共是18万平方米，台湖演艺酒店旁边的综合楼是北京交响乐团的永久办公地，再往后是做线上和线下音乐现场的，经过对浙江和西北一个省市的考察，发现两个地方在这个项目的运营上都很好，每年每个馆有300场演出，以后这将是一个主力的IP项目，现在通州台湖老地标"8字楼"正在进行招商规划和展演展示，我们下一步会重点推进。

我们还想做一个具有拉美风情的小镇，目前这个项目也在筹备当中。有一个食品厂现在已经转型成比较成熟的演艺类的综合性园区，里面有不少演艺元素，还有一个剧场。另外，通过集体用地我们还做了一些项目，比如万科集租房，这个项目占地面积一共是40万平方米，能很好解决当地职住平衡的问题。

另外，像富力酒店、北京文化产业园等项目都在洽谈和筹备中，这些项目不管是政策的大潮、组织的发动，还是机制的优化和保障方面，都已经被推动起来了。像唐大庄民宿这个项目经过这两年的推动，有了一定的发展，但它实际上完全承载的是环球影城的溢出效应，环球影城周边在不断建设，饱和了怎么办？我们完全靠环球影城的溢出效应是吃不饱的，这个问题还要再做研讨。

目前小镇产业氛围比较好，比如舞美中心有一系列的品牌活动，包括舞美的艺术馆都已经开馆运营了，还有对市民的演出。另外，演艺车间也有驻场演出，还有体验式的茶馆，欢迎大家参观指导。

目前，台湖的演艺资源主要包括"一盒四小"，即舞美中心和四个小剧场。

以上就是"演艺小镇"的基本情况。目前小镇主要存在几个问题，首先是产业规模的问题，刚才有位老师说：它得好看又好吃，也就是说它既要能引流，同时还要服务于区域的发展，所以我们要在这个问题上破题，目前龙头项目、优质产业带动项目的情况还是比较少，产业链也不完整。还有一个问题就是小镇配套的基础设施的建设，包括一些公交、餐饮、消费等场景，现在承载力还不强。

在推动演艺小镇建设的过程中，我们逐步形成了以演艺为特色，以消费为基础，以科创、文创为双轮驱动的产业发展思路。具体有几个方向：

1. 从绘制小镇底色到增强动能。这方面要抓错位，要研究好市里已经有很成熟的演艺市场了，为什么还要到台湖来这个问题。

2. 抓源头、抓创作。我们要培养具有自己特点、具有未来潜力的原创。

3. 争做新视听板块的重要承载地。

还有一个想法是关于和科技创新、高端制造的连接，经开区是高精专产业的重要高地，有很多的创新型科技企业，我们想把这些企业吸引到演艺小镇里，和台湖小镇形成前店后厂的模式，与台湖小镇进行良性的支撑跟互动。

还有就是加强联动，一方面我们想加强与高校之间的联动，实际上我们现在已经和在座的几所高校都有联动，我们希望高校把相关的科研实践，甚至是学生之间的比赛放到台湖，通过这种形式助推台湖，为台湖引流。第二个方面就是加强我们整个区域的联动，特别是乡村的联动。

真诚地希望各位老师能到演艺小镇进行深入的调研和交流合作。

古　剑　北京市通州区台湖镇党委书记，一级调研员。

数字演艺发展与通州演艺产业

虞祖海

为了会议的发言,我整理了前阶段一篇数字演艺发展的报告,叫《数字演艺发展现状什么样》,专门在会议前发表在公众号上,接下来我就向大家汇报一下主要信息。

关于数字演艺发展情况的,第一点,数字演艺发展主要有两种形态:一是在保留传统演艺基本模式的情况下对数字技术的利用,这种情况是目前最多的,如舞美的数字化、舞台演出直播等。二是在数字技术主导下形成的对演艺观念和模式有重大创新的演出形态,如沉浸式演出、虚拟人物与真人结合的演出等,多在景区、博物馆、电视综艺节目和新型演出空间。这种形式创新性强,投入比较大,代表了未来发展方向。也有人认为佩戴设备在线观看的 VR 演出属于第三种。但这种情况目前还比较少,我没把它单独列出来。

第二点,演艺行业对数字化的期待大于恐慌。在文旅部推动下,各中直院团积极推进演出数字化,打造"一团一品(牌)",在行业产生了积极反响,发挥了国家队的模范表率作用。从调研组在苏州召开的基层演出单位座谈会发言情况看,多数发言者表明已经度过了对数字化的恐慌期,开始积极拥抱并应用。技术应用增强了演艺的表现力、传播力和影响力,降低了成本特别是舞美方面的成本,提高了创作排演效率。总体上看,演艺行业对数字化充满期待。

第三点,数字技术已在演艺各环节应用。元宇宙、5G、大数据、云计算、人工智能、物联网、区块链等技术已经深入演艺行业的全产业全流程,如创作阶段的剧本创作、灯光音响舞美服装化妆设计、作曲、仿真排练、交互环节设计,制作阶段的舞台美术制作、流动性舞台机械制作、布景服装化妆道具的智能化管理、交互环节制作,演出阶段的线上演播、灯光音效多媒体的数字化控制、虚拟演出、票务销售,场馆管理的设备实时监控、安全管理、设备机械控制、检票系统等方面。

第四点,剧场建设管理与演艺装备数字化快速发展。几十年来全国已经建成两千多家剧院,省级剧院已基本建设完成,县区级剧院正在逐步建设过程中,同时老剧场也面临升级改造。大量剧院建设和改造对剧场管理提出了更高要求,应用数字技术管理、推进传统剧场数字化改造成为剧场管理面临的新任务,这是下一阶段比较重要的工作。

第二个大的方面是数字演艺研究的重要问题,理论性比较强。

第三个大的方面是数字演艺应用的主要技术,一共有七项:

1. 人工智能技术;

2. 虚拟现实和全息技术;

3. 5G 传输技术;

4. 仿真技术;

5. 机电声光技术;

6. 虚拟制片技术;

7. 云计算和雾计算技术。

关于数字演艺相关实验室的发展情况,目前研究数字演艺的机构主要有这么几家:第一个是中国艺术科技研究所的演艺装备系统技术文化和旅游部重点实验室,第二个是上海戏剧学院的数字演艺集成创新文化和旅游部重点实验室,第三个是武汉理工大学的数字舞台设计与服务文化和旅游部重点实验室,第四个是华中科技大学的光影交互服务技术文化和旅游部重点实验室,第五个是中央戏剧学院的智能戏剧艺术空间教育部重点实验室,第六个是北京理工大学的数字表演与仿真技术北京市重点实验室。

接下来讲一讲数字演艺到底有哪些优势和问题呢?

数字演艺的优势有三点:

1. 数字演艺创新演出形式;

2. 数字演艺扩大传播效果;

3. 数字演艺拓展消费方式。

数字演艺现存的问题也有三点:

1. 数字演艺技术应用规模和程度有待提高;

2. 线上演播的概念认识不一;

3. 数字演艺复合型人才不足。

我们的思考和对策有以下几点:

1. 建立数字演艺相关实验室交流机制;

2. 聚焦数字演艺发展需求,开展科研和技术咨询服务;

3. 改进实验室开放课题设置形式;

4. 推进数字演艺标准研制;

5. 关注剧场智能化管理对演出设备检验检测的影响,我们研究所是演艺装备质量国家级的检测机构,数字化、智能化也对我们的工作提出了新的挑战。

以上是报告的主要内容。

下面我谈一谈对"演艺之都"建设,特别是通州建设演艺产业的几个初步的认识。我觉得前面几位领导和专家在这方面谈得特别有道理，我想用六个"新"来说：新定位、新技术、新主体、新业态、新空间、新体验。最重要的还是新定位，而新定位是建立在后面几个新的基础上的。要有新主体来应用新技术，由于应用了新技术显然会创造新业态。新业态、新产品要在一个空间里面去呈现，这就涉及新空间的建设。最后是新体验，这要最终落实到消费者消费、观赏的体验上。

以上就是我对"演艺之都"建设，特别是通州发展演艺建设的一点思考。

庹祖海　中国艺术科技研究所副所长、研究员。

数字为善：新视听高质量发展的社会责任

王子琪

今天我以数字为善为切入点，跟各位老师交流一下对新视听高质量发展的一些思考。

我们都知道好莱坞梦工厂是文化产业里电影工业的标杆之一，汇集了全世界最顶尖的创意人才，然而从 1978 年第一部正式的超级英雄影片诞生至今，四十余年的时间里它们从文学剧本到视觉呈现上都没有太多的创新和创意，中国的古装偶像剧更甚。其实这是文化产业在二十世纪三十年代的一个老问题，资本为了逐利，不去追求创新，资本所追求的一定是成功的经验和对成功的复制所带来的低风险、低成本和高收益，这与人的个性化和创造力之间形成了一定的矛盾。

在新技术条件和新社会文化下又有了新的问题，那就是五分钟的时间我们就能消化掉各种经典的作品，不管是文学、电影还是美术创作，在短视频平台上五分钟就能快速浏览完，包括像 B 站等平台提供的倍速播放形式也促使我们快速消费掉文化产品，文化产品的快消其实也是对我们每个人生命的浪费。

面对新老问题，其实数字技术的发展可以给我们带来新的可能。

针对这方面有三点想跟各位老师交流一下：

第一点，数字技术的应用可以从降低成本的角度，调和生产与消费的矛盾。通过深度学习和生成式的人工智能艺术创作，从二十世纪六七十年代，文化艺术欣赏的文化平权，到如今从创作的角度降低门槛，让创意表达形成新的平权。今年 4 月，台北的艺术博览会上很多人工智能生成的艺术作品走向了市场，它们的作者大多是半路出家，新技术给我们带来的是更多的人可以不局限于技术的门槛表达创意，也为资本从以往为了降低风险而重复以往的成功经验提供更多机会，通过降低技术成本，让更多人参与进来，技术创意表达的能力被空前地释放，成本也被空前地降低。

第二点，我们看到数字技术的可能从创意集成角度，调和信息与知识冲突。正在上海进行展演沉浸式探索体验展——《消失的法老》，是一个科技公司跟哈佛大学的研究项目，用了三年的时间通过 3D 扫描技术完全复原金字塔。这个项目从三个月的展演时间，延到十个月，再延到 2024 年 2 月，一张门票 268 元，体验时间 45 分钟。这个项目通过学术团队合作、技术创意、视觉集成这种高度良好的交互体验，打破了我们以往可能更多地关注技术的新奇、信息的过载，无法很好地获取知识这样一个问题。回访这个项目的参观者可知，他们不仅获得了良好的参观体验，并且都认为自己对埃及的历史文化知识和金字塔有了比较深刻的认知，这就是新的技术集成的可能，有机会突破信息过载传播知识，在人类的脑海中留下更深刻的烙印。

第三点，就是从社会效益角度弥合传播和行动裂缝。作为文艺工作者，我们大部分时间是思想建设者，我们要通过文学的表达去呼唤大家的认知，然后在未来的生活中有行动的改变。现在的数字技术给了我们直接呼唤行动的可能，一个台湾艺术家在 2019 年有一个聚焦老年人和阿尔茨海默病患者的艺术活动，通过互联网让大家更关注老年人群体。

　　基于刚才提到的多种技术,视听工作者或者说视听作品可以直接触发行动,促进社会的多样、公平和包容。比如百度做的关于眼镜的项目,通过大数据和人脸识别,能够让老年人在生命的最后阶段有良好的生活质量,眼镜会提醒他所遗忘的事情。

　　除了百度,像腾讯,它是通过人脸识别、天眼网络,还有人工智能的预测,让走失多年的孩童即便在长大以后,也能有机会回到亲人身边,它叫"希望永不破灭"。

　　然后是阿里巴巴对视觉障碍人群的关注,它联合方正字库,通过汉语拼音和注音,为各个厂商直接快速地在包装上打印盲文,并且永久免费向社会开放,服务中国千万名视障人士。

　　BAT 这三家公司的作品都拿到了全球最大的创意节——戛纳创意节的奖项。

　　除此以外,商业领域也有一些实践,比如经典牛奶通过锁屏技术,呼唤大家不管工作再忙,也要跟父母联系。中国香港地区的创意人员通过监听技术来预防家庭暴力,它有一个 App,通过大数据集成家暴中经常使用的语言,如"去死吧"等,并设定声音超过 90 分贝就录音并直接报警。这种技术解决了家庭暴力取证难的问题,起到了保护妇女的功能。乌俄战争中,万事达卡通过公司所掌握的金融数据,向入境到波兰、乌克兰的难民提供指引,告诉他们哪里更适合避难。

　　中国台湾地区名为"AI 画笔连接爱"的 App 让用户通过深度学习中国画创作的笔法进行构图,重绘并连接起已经破损了的《富春山居图》,通过技术重新温暖我们共通共融的文化血脉。

　　今天的视听已经不仅仅是我们去创造音和画的单向传播,除了创作作品之外,有更多的场景可以进入到生活当中,上述案例都是传播领域的创意工作者完成的。我想借助今年 8 月份王泊乔老师在中国(北京)国际视听大会数字视听艺术论坛上的一句话探讨一下未来视听是怎样的,他在开幕式上说"未来视听一定会是从数字化到数智化,往数艺化方向突破,最终发展出真正意义上的数字视听美学体系和虚实共生的超媒介场景",然而美学体系和虚实共生的超媒介场景的形成就是我们的终局吗? 现在数字技术的能力这么大,所谓超级英雄电影里也说过能力越大责任越大,所以我今天给大家分享的这些案例是想从数字技术的可能,看到我们第一从产业模式、第二从信息传播、第三从触发行动这三个角度,从视听方面为我们未来的数益化做准备。

王子琪　中央美术学院艺术管理与教育学院副教授。

短视频塑造文旅新业态的机制与路径

白晓晴

我今天的发言内容是关于传播学领域的一些思考,围绕现在社交媒体里最热门和最接地气的短视频的传播形态去探索短视频如何塑造文旅业态的肌理和路径。如果说演艺、舞蹈、雕塑、美术是一种精英艺术、高雅艺术,那么短视频、直播便是一种"俗文化",是一种接地气、大众化的传播形式。这种形式对普通人的影响力不可小觑,所以今天我从短视频的视角来讨论一下这个比较接地气的议题。

我的汇报总共分为五个部分,第一个部分是短视频与文旅。通过这几年对短视频平台的观察,可以发现现在短视频平台文旅类视听内容是呈几何式增长的。据统计,与文旅相关的短视频,不仅是以往文旅项目的宣传推广会通过短视频的形态去进行,其中还会有一些自发的创作,包括做旅拍的博主,专门打卡探店的创作个体,还有各地文旅局,一些与文旅相关的行政单位,以及专业摄影师,等等。他们用旅行的形态去做创作、去做分享,多元的主体正在短视频平台上进行文旅主题方面的创作和传播。

短视频平台不仅是在传播,它还有社交媒体的互动功能,通过碰撞、连接和互动,产生了一种对文旅品牌塑造和文旅业态重塑的鲜活的新力量。

第二个部分我们重点谈的是主体赋权,当前文旅融合更多的是通过全民共创的形式进行塑造的。这种共创的方式表现为两个方面,一个是文旅项目的运营者、文旅事业单位、MCN 机构、个体网红和专业影像创作者等多元主体参与创作,它打破了传统旅游宣传推广自上而下模式的认知隔阂,使每个人都能在网络上发声,去进行品牌的塑造和传播。第二种就是更加丰富的创作资源和手段,过去创作者必须有专业的摄像机,必须请专业机构去创作,现在普通游客也可以通过手机创作,这种创作其实是具有一定的独立批判能力和原创精神的,很多博主会采用美妆、古妆、角色扮演,在当地进行美食的比较、品评等各种形式进行创作,在短视频平台越发成熟的今天,还出现了像人工智能、三维动画、多种形式产品的测评和角色扮演等互相结合在一起的形式,这是非常新颖、复杂,也越来越专业的形态。旅游空间已经成为影像传播的资源系统,所有的主体都在调用里面的资源进行共创,这种创作者通过调用资源并融入创意的方式,形成了全民共创的旅游文化生产范式。

短视频对文旅融合的促进作用体现在两个方面:

第一个部分是在本真意义上。首先,短视频顺应了人们眼见为实的认知惯性。尼克·库尔德里认为媒介通过集中符号资源,使受众认为出现在媒介叙事中的地方比未出现的地方具有更高的象征地位。这一点在过去的宣传片中我们可以深刻感受到,那些被航拍过的,或者被广告大片播出过的文旅地区,好像比那些没有被播出过的景区更厉害、更高级。现在短视频创作者把不同地区的特色、地方美食、特殊的建筑、罕见的植物,用短视频的方式一一进行提炼、播发、摘取,短视频让我们认知旅游地的方式发生了改变。

其次,个人主体参与表达可以消解边界。用户的动机和传统宣传片是不一样的,他们是基于个人动机进行自我展演,比如前几年非常火的丁真,他的形象带动了他所在的西藏局部地区的旅游在社交媒体上火爆出圈,这是以人的形象进行带动的,旅游地的形象也越发融入平台的个体表达逻辑,这样一种方式其实增强了旅游空间内在的文化活力。

这几年讨论得比较多的是各地区的文旅局局长相关的一些短视频,像四川推出的"文旅局长说文旅"专栏,播放量最终超过了 3.5 亿次,现如今电视媒体已经失去了垄断地位,很难通过宣传片触及 3.5 亿人次的用户,但互联网短视频是可以的。

第二个部分是在审美意义上,举个例子,现在讨论得比较多的是各地文旅局长在短视频平台上通过发布角色扮演、歌唱等形式的视频宣传当地旅游。其实它是通过人的链接,通过反转的角色变化,让小众旅游地被更多人看见,大众旅游地也有更多的亮点被不同的人了解。前段时间我参加的一个大数据相关的横向课题里面就有这么一个数据:今年十一期间的 TOP 旅游地,无论是媒体的关键词还是智慧旅游的客流量,最火爆的是黄山跟长城,但是通过观察抖音和小红书,黄山和长城带火的不是这两个词,带火的是有关长城的梗,包括在长城拍照的姿势,所以大家纷纷做了打卡这个旅行的选择,它不是因为这个地方,而是因为网上关于这个地方的某个符号火了,这种文旅传播的关注点更加聚焦小尺度和个别性。

第三个部分是对地方的反哺,主要体现在社群传播拓展了区域文化的空间。网络空间中不同的社会实践形式和传播组织方式成为公共生活和私人生活的"交汇点",大家都在以个人视角进行创作,旅游地也被嵌入情感图像,通过社交媒体的评论、转发、点赞等,强化了人与人的联系,另一方面也强化了人与地方的联系。

主要体现在三个方面:

首先是新社群和新形式。新社群就体现在文旅的宣传推广变成了一种可引导、可联动的社群传播,比如山东广电做了一个和济南相关的短视频招募,很多网友在这个话题下进行视频的拍摄和上传,形成了对济南地方文化挖掘特别有效的活动。还有一些是这两年流行的露营和特种兵式旅行,带动了新的旅游热潮。

其次是社会性与流动性增强。这是旅游品牌主体性的涌现,现在文旅品牌越来越需要人格,就像为什么一些文旅局局长能够带火当地旅游,正是因为他们赋予了这个地区特殊的人格。还有像新疆尉犁2022年7月突然成了很火的网红打卡地,原因就是一个尉犁的小哥在直播时与网友互动,朝自己的背景扔东西回应网友"你这个背景太假了"的评论,引发了一系列模仿。这不仅有主体性,还具有了社交生命,在一个热点周期之内,新疆尉犁突然火了,过段时间之后,随着网络热点的平息,尉犁这个地区的吸引力又会削弱,这与网络迭代紧密相关。

最后是符号的去地方化与再地方化。很多区域的符号通过网红带火后,其实是很强调地方性的,比如淄博烧烤,如果当各种各样的创作者都在做烧烤时,大家就不知道淄博烧烤和其他地方烧烤有什么区别了,就完全被互联网泛化掉了。最后我们看到淄博当地提出了一套配套的措施,还做了一个烧烤专列,邀请全国各地的朋友到淄博去吃烧烤,其实通过这种线下的配套又达成了再地方化的构成。整个淄博烧烤带动淄博文旅发展的整套逻辑其实都是一套互联网逻辑,它不是传统的如何在当地做好建设再去宣传推广,再去营造口碑,它的逻辑完全是相逆的。

第四个部分是对业态重构的总结。从线上的维度可能会有两个比较典型的特点:1. 垂类MCN的涌现,MCN其实是一个专门以打造网红、线上推广、账号运营、各种短视频制作剪辑等为一体的综合互联网传播机构。以往MCN可能更多是打造网红,做直播带货,现在开始涌现很多垂类的 MCN 专门做文旅,比如百咖文旅和元禾文旅,它们和线上的传播、线下的接单服务、地陪、旅拍完全是打通的,这是一个特点。2. 地方导游也加入了拓展自媒体业务的行列。他们在网络上建立自媒体账号,在疫情防控期间通过短视频讲解故宫、山西的一些大院。疫情之后,他们开始将业务拓展到线上引流,并通过直播带货的方式带票,通过这种方式,他们的综合盈利和自身综合价值都得到了提升。其实会讲地方故事的人都能成为文旅从业者。

然后就是线下的一些新商机,比如济南的 IP "明湖雨荷",通过短视频+线下演艺等形式获得直播门票的收益,这要比线下的收入高上许多倍。还有一些周边业态,比如说短视频+在地旅拍、汉服古妆等,像河南洛阳的"洛邑古城",抖音话题播放量破 5.7 亿。从政府角度看,淄博是做得比较前沿的,直接推出了像烧烤专列这样的政策,其实它的思路就是形成文旅宣传风浪合力,通过多主体的联动与供应,达成对文旅品牌更好的塑造。

第五个部分是新范式的展望,一方面短视频创作者正在成为城市文化发现、重塑、表达与传播的主力军,他们不是项目的营造者,也不是实业的建设者,但是他们确实会在文旅的宣传推广、客流吸引方面发挥不可磨灭的作用。另一方面,虽然他们人数很多,作品海量涌现,但是在挖掘精华和创新品牌的内涵方面还是存在不足。

总之,短视频平台提供了技术、资源和时空环境等层面的可供性,一些传统文旅的从业者还没有特别意识到要更好利用它,其实在未来通过共同聚力,是可以在新的传播范式下探索出文旅产业升级发展的更多可能性的。

白晓晴 中国传媒大学电视学院副教授。